Von ihrem Liebhaber verlassen, flüchtet die Erzählerin nach Venedig. Es ist kurz vor Weihnachten, jene Zeit im Jahr, in der die Stadt nicht von Touristen bevölkert wird, in der »la Serenissima« ihr wahres Gesicht zeigt. Um ihren Kummer zu vergessen, spaziert sie durch die nebelverhangenen Gassen, vorbei an verlassenen Gondeln, über mit Raureif bedeckte Brücken. Ihre einzige Gesellschaft sind die anderen Bewohner der kleinen Pension, in die sie sich eingemietet hat: ein alter russischer Aristokrat mit bewegter Vergangenheit, eine junge Balletttänzerin im Taumel der Gefühle und ein Buchhändler, der Bücher wie die Luft zum Atmen braucht – und der allmählich in ihr die Hoffnung weckt, dass die Liebe auch ihr gebrochenes Herz wieder heilen kann.

CLAUDIE GALLAY, 1961 im Département Isère geboren, ist eine der populärsten Schriftstellerinnen Frankreichs. Ihr internationaler Durchbruch war der Bestseller »Die Brandungswelle«, der monatelang auf der französischen Bestsellerliste stand, mehrfach ausgezeichnet wurde und in weiteren elf Ländern erschien.

CLAUDIE GALLAY BEI BTB
Die Brandungswelle. Roman (74313)
Die Liebe ist eine Insel. Roman (74471)

CLAUDIE GALLAY

Ein Winter in Venedig

ROMAN

Aus dem Französischen
von Michael von Killisch-Horn

btb

Die französische Originalausgabe erschien 2004 unter dem Titel
Seule Venise bei Éditions du Rouergue.

Verlagsgruppe Random House FSC® N001967
Das für dieses Buch verwendete FSC®-zertifizierte
Papier *Lux Cream* liefert Stora Enso, Finnland.

2. Auflage
Deutsche Erstveröffentlichung September 2014
Copyright © Éditions du Rouergue, 2004
Copyright © der deutschsprachigen Ausgabe 2014 bei btb Verlag
in der Verlagsgruppe Random House GmbH, München
Umschlaggestaltung: © semper smile, München
Umschlagmotiv: © picture alliance / Sodapix / Ryszard
Satz: Uhl + Masspust, Aalen
Druck und Bindung: CPI – Clausen & Bosse, Leck
MI · Herstellung: sc
Printed in Germany
ISBN 978-3-442-74746-7

www.btb-verlag.de
www.facebook.com / btbverlag
Besuchen Sie unseren LiteraturBlog www.transatlantik.de

O meine Seele, strebe nicht nach Unsterblichkeit,
sondern schöpfe das Feld des Möglichen aus.

PINDAR, *Dritte pythische Ode*

S o fängt es an. Sie und ich, an diesem Tag im Dezember 2002, lange bevor ich Sie kennenlerne.

Ich bin gerade vierzig geworden.

Warum müssen Daten immer eine solche Bedeutung haben?

Es ist Winter. Es ist kalt. Ich hätte ein anderes Ziel wählen sollen.

Oder eine andere Jahreszeit. Egal.

Im Zug beginne ich es schon zu bereuen. Ich nehme mir vor, in Aix auszusteigen, aber dann schlafe ich in Aix ein, und in Nizza ist es zu spät.

Italien. Ventimiglia. Der Zug hält in leeren Bahnhöfen. Ich schaue aus dem Fenster. Es ist dunkel. Ich sehe mein Gesicht, starre es an. Ich erkenne es nicht wieder.

In der Stille höre ich das Ticken meiner Uhr. Das Schnarchen eines Mannes im Nebenabteil.

Die Zeit vergeht. In der Nacht träume ich, dass man mir die Schuhe klaut. Das Geräusch der Gleise vermutlich. Der Schaffner weckt mich. Ich muss wohl gesprochen haben. Geschrien vielleicht.

»*Venezia!*«, sagt er zu mir und deutet aus dem Fenster.

Ich sehe nichts. Parkplätze, Kreisverkehr. Ein paar Pflöcke im Nebel.

Und dann Wassertropfen auf den Fensterscheiben.

Mit einem Mal ist es da, ganz plötzlich, auf beiden Seiten

des Waggons, überall, so weit das Auge reicht. Braunes, tristes Wasser.

Ich schiebe das Fenster herunter, strecke den Kopf nach draußen.

Die Lagune.

Zu meiner Linken ist eine Insel erkennbar. Ein paar Bäume mit Kies drum herum.

Eine Geisterinsel.

Eine Insel wie ein Grab.

In der Ferne, hinter dem Nebel, ein Stück Mauer, ein paar rosa Steine, der Kampanile einer Kirche. Verlorene Fassaden, überflutet, gleichsam versunken.

Venedig, die Undurchdringliche.

So zeigt sich mir die Stadt das erste Mal.

Dann fährt der Zug in den Bahnhof ein, und ich sehe nichts mehr. Gleise, andere Züge. Es könnte auch Paris, London, Lissabon sein.

Auf dem Bahnsteig wartet niemand. Auf niemanden. Wir sind etwa zehn, die ihre Koffer durch die Bahnhofshalle ziehen. Schleppend. Wie Zombies.

Jemand sagt neben mir *è Venezia*.

Ein anderer sagt *è l'inverno*.

Wegen der Kälte.

Wegen der eisigen Windböen.

Ich trete aus dem Bahnhof. Der Vorplatz, dessen Stufen direkt zum Canal Grande hinabführen.

Derjenige, der *è Venezia* gesagt hat, hilft mir, meinen Koffer hinunterzutragen. Er zeigt mir die Palazzi auf der anderen Seite des Kanals. Die Fassaden.

»Sie werden sehen, wenn der Nebel sich auflöst, ist es wunderschön. Bleiben Sie lange?«

»Ich weiß nicht. Kommt drauf an.«

Bevor ich abgereist bin, habe ich mein Bankkonto leergeräumt. Genug für einen Monat, vielleicht zwei.

Am Ende zerstritt ich mich mit allen. Zum Schluss stellte ich das Telefon ab. Wenn es an der Tür klingelte, machte ich nicht auf. Ich schaute aus dem Fenster wie die Alten und zog den Vorhang zu. Dann hörte es auf zu klingeln. Ich bekam Zornesfalten zwischen den Augen. Sie sind immer noch da. Ich reibe mit dem Finger, aber sie gehen nicht weg.

Eines Abends setzte ich mich neben den Herd und atmete das Gas ein, das aus den Brennern kam. Nicht genügend Mumm. Oder zu stark verschmutzte Brenner. Zwei Tage hatte ich Kopfschmerzen, mir war schrecklich übel.

Mein Briefkasten quoll über vor Rechnungen.

Eines Morgens wollte ich Licht machen, aber der Strom war abgestellt.

Ich ging in den Waschsalon in der Rue Saint-Benoît. Ich verbrachte ganze Tage damit zuzuschauen, wie meine Wäsche sich drehte. Am Getränkeautomaten holte ich mir Becher mit Kaffee. Das waren die einzigen Augenblicke, in denen ich mich bewegte, wenn ich aufstand, um mir meine Dosis zu holen. Hin und zurück, achtzehn Schritte, ich habe sie gezählt. Die Fliesen aus falschem Marmor, ich erinnere mich. Ich habe ein Gedächtnis, das sich solche Dinge merkt.

Die Kaffeebecher sind weich, man glaubt, sie schmelzen einem in der Hand, wegen der Hitze, die durch das Material dringt. Aber sie halten mehr aus, als man denkt. Sie schmelzen nicht, sie werden weich, das ist alles. Ich setzte mich immer auf denselben Platz am Ende der Bank. Die Waschmaschine mir gegenüber, hinter mir die Heizung, die mir das Kreuz wärmte. Nach drei Tagen hatte ich nichts mehr zu waschen. Ich wusch meine Putzlumpen. Ein- oder zweimal ließ ich die Trommel sogar leer laufen.

Am Ende begriff ich, dass ich mein Leben hier verbringen könnte, mit nichts anderem beschäftigt, als diese Trommel anzustarren.

Dies könnte der Anfang des Wahnsinns sein. Dieses obsessive Bild.

Und auch die Blicke um mich herum könnten ihn auslösen. Das Schweigen.

Am nächsten Tag kam ich wieder und am übernächsten ebenfalls. Ich wollte wissen, wie weit ich gehen konnte.

Stunden.

Tage.

Um kein Hungergefühl aufkommen zu lassen, klaute ich Äpfel, die in den Kisten am Ende des Marktes lagen. Wenn ich nach Hause kam, schluckte ich zwei Lexomyl, die mich benommen machten.

Und dann stellte sich eines Morgens ein Kind vor mich hin. Ein schmächtiger Junge, kaum fünf, dessen dünne Beinchen aus der Hose hervorschauten. Er sah aus wie ich im gleichen Alter, als Junge.

Er blickte mich an, und dann blickte er zur Maschine, abwechselnd, mehrere Male.

Wegen dieses Blicks beschloss ich wegzugehen. Weil ich

begriff, dass ich, wenn ich jetzt nicht wegging, alle nächsten Tage meines Lebens wiederkommen würde.

Dass dieses Leben vermutlich nicht schlechter sein würde als irgendein anderes.

Doch dass das Kind größer werden und es trotzdem kein Ende nehmen würde.

Ich habe Venedig nicht gewählt. Es hat sich so ergeben, durch ein Plakat auf einem städtischen Bus.

Ich dachte, vielleicht Venedig.

In einem alten *Routard* fand ich eine Adresse, eine Pension im Castello. Der Besitzer hieß Luigi. Am Telefon sagte er mir, dass er noch ein freies Zimmer habe, ich könne sofort kommen, wenn ich wolle.

Ich habe an alles gedacht, nur nicht an den Nebel.

Vor der Haltestelle des Vaporetto. Der Mann, der mir mit dem Koffer geholfen hat, ist immer noch da.

»Normalerweise bleiben die Touristen nicht lange.«

»Ich muss unbedingt die Waschsalons meiden«, erwidere ich. »Gibt es in Venedig Waschsalons?«

»Waschsalons?«

Er lässt es dabei bewenden.

Ich kaufe ein 72-Stunden-Ticket, schiebe es in die Innentasche meiner Jacke und treffe ihn an der Anlegestelle wieder.

Trevor hat mit mir Schluss gemacht. Ich will ihn vergessen und kann es nicht. Er klebt an mir. Schlimmer als ein Handschuh. Besonders nachts.

Ich habe Trevor so sehr geliebt, dass es wehtat. Mehr als ein Jahr. Ein Jahr und siebenundzwanzig Tage, genau gesagt.

Am Abend des siebenundzwanzigsten Tages glaubte ich den Tod zu verschlucken.

So hat es sich angefühlt. Genau so. Dass ich ihn im Mund hatte und hinunterschluckte.

Ich werde nie wieder so lieben. Mit dieser absoluten Gewissheit. Als er mich verließ, glaubte ich zu sterben.

H altestelle der Linie 1. Frühmorgens. Das Vaporetto fährt den Canal Grande vom Bahnhof hinunter bis San Marco.

Ich bleibe an Deck stehen, auf die Reling gestützt. Die Lagune schillert graugrün, Algen treiben im Wasser.

Das Wasser ist überall. Ich kann nicht schwimmen. Ich friere an den Fingern, suche meine Handschuhe in meinen Taschen. Ich muss sie im Zug vergessen haben. Zurzeit vergesse ich alles. Ich schalte mein Handy ein, schwarzes Gehäuse, helle Tasten, das Display mit Logo auf grünem Hintergrund, Lagunenfarbe, drinnen Trevors Stimme. Ich habe seine Nachrichten gespeichert. Alle. Ich müsste sie löschen, kann mich aber nicht dazu entschließen.

Seit einem Monat klingelt es nicht mehr.

Ich drücke eine Taste, höre zu. Seine heisere Stimme. Schroff. Ich nehme einen Finger weg. Die anderen. Ich öffne die Hand.

Ich habe immer ein schwieriges Verhältnis zu Telefonen gehabt. Selbst zum Festnetz.

Ich lasse los.

Es fällt.

Treibt auf dem Wasser. Kurz.

Wirklich kurz. Dann versinkt es im Schlamm.

Der Mann, der neben mir steht, deutet auf das Wasser im Kanal.

»Es ist nicht tief«, sagt er. »Man kann überall stehen. Es ist sogar unmöglich, hier zu ertrinken.«

»Unmöglich?«

»Nicht ganz, aber es ist sehr schwierig. Alles ist voller Schlamm.«

Dann sagt er etwas auf Venezianisch. Das Venezianische verstehe ich nicht. Nur Italienisch. Für Reiseveranstalter habe ich drei Jahre lang Gruppen begleitet. Rom, Neapel, der Süden, überall bin ich gewesen.

Ich schließe die Augen.

Die Luft riecht nach nassem Stein, nach grüner Alge.

Und dann ist da noch etwas anderes, weniger greifbar, ein Geruch wie von verfaultem Fisch.

Brücken gibt es viele, aber so viele auch wieder nicht. Vor allem Palazzi. Auch Gondeln, aber sie liegen am Kai, wegen der Kälte.

San Marco. Ich steige aus. Der Platz ist verlassen. Riesig, weil leer.

Die Platten sind nass, als hätte es geregnet. Das Wasser sickert zwischen den Steinen hervor, überall. Das ist das *acqua alta*, das, was vom nächtlichen Ansteigen des Wassers übrig bleibt.

Am Telefon hat Luigi mir gesagt: »Gehen Sie nach den beiden steinernen Löwen nach links, Sie brauchen bloß den blauen Schildern *Ospedale* zu folgen.«

Ich suche die Löwen. Als ich sie finde, tauche ich in das Gewirr der Gässchen ein.

Die Rollen meines Koffers machen einen höllischen Lärm. Wenn ich über die Brücken gehe, muss ich ihn tragen. Es gibt nicht genügend Schilder. Oder ich sehe sie nicht. Zehnmal muss ich anhalten, um nach dem Weg zu fragen.

Acht Uhr. Der Koffer schneidet in meine Hand ein. Ich betrete ein kleines Straßencafé. Alle Tische sind besetzt. Ich trinke einen sehr starken Espresso am Tresen.

Neben dem Zucker ein Korb mit Brioches. Ich nehme eine. Die Brioche ist mit Marmelade gefüllt. Ich nehme eine zweite. Der Teig in meinem Mund, das Gefühl zu kauen, mich vollzustopfen, beruhigt mich. Seit Trevor ist das so, ich esse mehr als nötig. Egal was.

Ich nehme wieder meinen Koffer. Es ist Morgen, die Geschäfte öffnen. Auf einem Platz ist ein Gemüseverkäufer, Kinder mit Schulranzen, Mütter, die ihnen folgen. Ich sehe ihnen zu, nehme die falsche Straße und muss umkehren. Schließlich erreiche ich den Campo Santa Maria Formosa und von dort aus die Kirche Santi Giovanni e Paolo. Zur Pension ist es nicht mehr sehr weit. Ich hole die Adresse aus meiner Tasche, 6480 via Barbaria delle Tole, eine schwere grüne Holztür, gegenüber ein Maskenverkäufer. Ich gehe die Straße hinauf.

Als ich vor der Tür stehe, läute ich.

Die Tür öffnet sich.

Dahinter ein großer, von Mauern umgebener Garten. Ganz hinten die Pension. Der alte Palazzo der Bragadins. Die Fassade ist mit einem rosa Anstrich versehen. Alt. Verwittert. Wilder Efeu klammert sich an die Mauer, Dornengestrüpp, auf der Vorderseite eine Glyzinie, die fast zu einem Baum geworden ist, mit Ästen, die eine Art Laube bilden.

Ein Springbrunnen.

Statuen.

Eine Bank.

Oben, im ersten Stock, geht ein Schatten vorbei. Er bleibt hinter der Fensterfront stehen und verschwindet dann. Ich gehe die Allee hinauf, betrete die Eingangshalle. Es ist dunkel, feucht. Der Kanal führt direkt dahinter vorbei. Ich höre das Wasser, das Geräusch eines Motorbootes.

Ich gehe weiter.

Es riecht nach Ziegelstein und unverputztem Gips.

Am Fuß der Treppe stehen Fressnäpfe für Katzen. An den Wänden die Spuren des durchsickernden Wassers. Ich gehe hinauf, meinen Koffer ziehe ich hinter mir her. Es gibt kein Licht. Ich gehe, ohne etwas zu sehen. Nach dem ersten Treppenabsatz erkenne ich eine Tür und darüber eine kleine rote Nachtlampe. Ich steuere darauf zu.

Auf den letzten Stufen liegt ein abgewetzter Wollteppich.

Ich brauche nicht zu klingeln, als ich dort stehe, öffnet sich die Tür.

L uigi lässt mich eintreten und schließt die Tür.
»Nicht rollen«, sagt er und deutet auf den Koffer.

Er ist ein kleiner Mann mit Bauch, weißem Schnurrbart und winzigen grauen Äuglein.

Er gleitet auf Filzpantoffeln dahin.

»Haben Sie eine gute Reise gehabt?«, fragt er mich.

Ich lasse den Koffer im Durchgang stehen.

»Ja, der Zug war pünktlich. Es ist unglaublich, dass man nach einer solchen Reise pünktlich ankommt.«

»Was war an der Reise denn so besonders?«

»Nichts, der Zug hat nur überall gehalten, in jedem Bahnhof. Ich habe geglaubt, ich würde nie ankommen.«

Er führt mich in einen riesigen Raum, eine Art Salon, in dem ein Klavier steht und große Spiegel das Licht zurückwerfen. An den Wänden Bilder. Manche sind sehr dunkel, ich kann nichts erkennen. Auf anderen Gesichter, eine Kreuzigungsszene.

Luigi zeigt mir den runden Tisch an der Fensterfront.

»Hier wird gegessen, auch gefrühstückt.«

Auf dem Tisch ein Karton voller Girlanden. Daneben eine Tanne.

Die Fensterfront geht auf den Garten hinaus. Luigi erzählt, dass er im Sommer den Fischteich füllt. Er macht das für seine Katzen. Sie fangen die Fische zwar niemals, aber sie beobachten sie.

Und er, Luigi, liebt es, seinen Katzen zuzuschauen, wenn sie die Fische beobachten.

»Wie viele haben Sie?«

»Achtzehn. Aber sie kommen nicht herein. Sie sind überall, im Palazzo, in den Kellern, im Garten.«

Die Fensterfront: dicke Fenster, gekrönt von farbigen Glasscheiben. Dahinter der Hof wie ein großer Lichtbrunnen.

»Es ist nicht der schönste Garten, aber es gibt Grün, und das ist nicht bei allen hier in Venedig so.«

Auf dem Tisch ein Blumenstrauß, Lilien in einer großen Vase. Unter der Vase ein besticktes Deckchen.

»Das ist die Hausordnung.«

Er übergibt mir ein Blatt Papier, eine Zehn-Punkte-Liste mit der Überschrift *Die wichtigsten Regeln zum Wohle aller*.

Er bittet mich, sie in seiner Gegenwart zu lesen.

Und zu unterschreiben, wenn ich einverstanden bin.

Den Durchschlag steckt er in seine Tasche.

Dann führt er mich weiter durch die Pension. Ein zweiter Salon, kleiner, mit Sesseln, Büchern und Blick auf den Kanal. Weitere Bilder, Kissen aus venezianischem Tuch. Sessel, Sofas, Teppiche.

Ich gehe ans Fenster. Unten macht der Kanal eine Biegung, rechts erkenne ich einen Palazzo aus rosa Ziegelsteinen. Im obersten Stock unter den Dächern ein offenes Fenster. Eine Frau schüttelt ihre Laken aus.

Luigi öffnet eine Tür.

»Das Zimmer von Casanova. Ein Pärchen wohnt darin. Valentino, mit Carla, seiner Freundin. Sie ist Tänzerin. Sie sind über die Feiertage hier. Sie werden sie morgens beim Frühstück sehen. Abends kommen sie spät zurück. Sie gehen tanzen in Mestre.«

Mestre, er spricht es widerwillig aus.

Ich stecke den Kopf durch die Tür.

Drinnen ein Himmelbett. Rote Vorhänge, Stickereien. Eine Kommode mit Flakons, eine Glasschale voller Kirschen. Kleidungsstücke über den Stühlen, auf dem Boden, zerknittert.

»Casanova hat hier geschlafen?«, frage ich.

»Heißt es, aber das behaupten viele in Venedig. Haben Sie seine Memoiren gelesen?«

Ich schüttele den Kopf.

»Das Buch steht in der Bibliothek. Wenn Sie wollen, können Sie es sich ausleihen.«

Er macht die Tür wieder zu.

Zeigt auf eine andere, etwas abseits.

»Das blaue Zimmer. Dort wohnt ein Lehrer, ein Russe. Er sitzt im Rollstuhl. Er wohnt seit fünf Jahren hier. Morgens werden Sie ihm nie begegnen, erst gegen Ende des Tages und beim Abendessen.«

Er fasst mich am Ellbogen.

»Und das ist Ihr Zimmer. Das Zimmer der Engel.«

Die Engel sind an der Decke, gemalt auf blauem Grund. In der Mitte ein Kronleuchter aus Glas, der nicht mehr funktioniert. Lampen ersetzen ihn. Und eine Schachtel Kerzen in einer Schublade.

Ein Kamin mit Holzscheiten.

»Kann man ihn benutzen?«, frage ich.

»Ja.«

Luigi erklärt mir, dass dieses Zimmer früher ein Esszimmer gewesen sei.

Früher, zur Zeit der Bragadins.

Und dass der Kronleuchter den Tisch und die Gäste beleuchtet habe. Er zeigt mir unter einem der Spiegel ein Möbel mit zwei gusseisernen Öfen auf jeder Seite.

»Das ist eine ehemalige Warmhalteplatte.«

Am Fenster ein Schreibtisch aus Ebenholz, darauf eine Lampe mit besticktem Schirm.

»Der Schreibtisch meines Vaters«, sagt er und streicht mit seiner Hand über die Platte.

Das Geräusch von Schlagbohrhämmern dringt von draußen herein.

»Im Palazzo gegenüber sind Reparaturarbeiten im Gange. Ist das in Ordnung?«

Die Tapete hat sich gelöst. Das Fenster schließt nicht richtig. Es zieht von unten.

Ich nicke.

Ich öffne meinen Koffer und räume alles in den Schrank. Meine Toilettensachen auf den niedrigen Tisch. Die Tuben zu den Tuben. Die Flakons. Meine Hemden, meine Socken.

Ich suche nach der besten Ordnung.

Seit einiger Zeit ist das schon so, meine Ticks sind wiedergekommen. Dieses Bedürfnis, alles ordentlich auszurichten. Alles mit meiner Hand zurechtzurücken.

Als ich fertig bin, lasse ich mir ein Bad ein. Es dauert endlos, bis die Wanne vollgelaufen ist. Als sie voll ist, ist das Wasser fast kalt.

Ich setze mich trotzdem hinein.

Seit Trevor mit mir Schluss gemacht hat, epiliere ich mich nicht mehr. Ich habe nicht einmal mehr Lust, mich zu rasieren. Mein Körper ist gefühllos geworden. Ich lasse die Finger zwischen meine Schenkel gleiten. Ich fühle nichts mehr. Es ist mir egal.

Elf Uhr. Ich finde Luigi im Salon an der Glasfront. Er hat den Platz unter der Tanne mit Pappmaché vollgestopft, und jetzt gräbt er eine Höhle hinein. Die Krippenfiguren liegen noch auf dem Tisch, in einer kleinen, mit Baumwolle ausgelegten Schachtel.

»Es ist nicht obligatorisch«, sagt er und deutet auf einen Karton neben der Tür, »aber es schützt das Parkett und bringt es zum Glänzen.«

Ich drehe mich um. In dem Karton liegen Filzpantoffeln in allen Farben.

Er legt seine Girlande hin und wühlt in dem Haufen.

Er zieht ein Paar heraus, rosafarben.

»Sie werden sehen, man gewöhnt sich daran.«

Ich will mich nicht daran gewöhnen.

Er legt die Filzpantoffeln in meine Hände.

»Gefällt Ihnen die Farbe?«

Auf dem Tisch der zusammengefaltete Stern in Seidenpapier. Ein Strauß vertrockneter Blumen, Hortensien.

Auf dem Flügel ein Bild mit einer brennenden Kerze. Das Porträt einer Frau.

»*La mia donna…*«, sagt er und nähert sich dem Porträt.

Er zeigt mir ein Foto auf einem Regal. Ein Metallrahmen.

»Sie war schön, nicht wahr?«

Dann wickelt er den Stern aus dem Papier.

»Meine Tochter hat ihn gemacht. Sie war fünf.«

Er steckt die Reliquie auf die Spitze seiner Tanne.

Auf dem Tisch liegen Zeitschriften, Führer. Eine eiförmige Skulptur thront in einer Wandnische. Es ist ein Stück dunkler Basalt, leicht körnig.

Luigi erklärt mir:

»Während der Sommersonnenwende scheint die Sonne durch die Scheiben und bringt ihn zum Glänzen. Seine Farbe ändert sich, er färbt sich rot, dann schwarz. Es ist wunderschön, aber es dauert nur ein paar Minuten. Genau zwölf. Und es geschieht nur in einem Augenblick des Jahres. Man muss da sein.«

Staub liegt auf dem Flügel. Und auf der Skulptur.

Ich fahre mit dem Finger darüber, hinterlasse eine Spur.

»Wenn Sie ihn ans Fenster stellen würden, wäre er das ganze Jahr beleuchtet.«

Luigi zuckt die Achseln.

In einer Schale liegen kleine, in Goldpapier gewickelte Bonbons. Ich nehme eines.

Es ist süße Lakritze.

Ich nehme ein zweites und stecke es für später in meine Tasche.

In den Straßen Girlanden und geschmückte Tannen. Kinder, die ihre Hände gegen Schaufenster drücken. Maronenverkäufer. Und neue Gerüche, gefangen zwischen den Mauern der Gässchen, eingesperrt und sich vermischend. Gerüche nach Vanille, Kaffee, intensivere nach Schokolade. Frauendüfte, Geruch von Leder. Von Handtaschen.

Ich mag Weihnachten nicht.

Mit gesenktem Kopf gehe ich weiter. Ich folge jemandem vor mir, einem Schritt, Absätzen. Den Sandalen eines Mönchs. Das ist etwas, das ich schon immer gern gemacht habe. Schon in den Straßen von Lyon. Trevor habe ich auf diese Weise kennengelernt, an einem Tag, an dem ich ein seelisches Tief hatte. Ich folgte seinen Schuhen, Mephistos mit dicken Sohlen. Es war auf der Place Bellecour.

Schließlich drehte er sich um.

»Was wollen Sie?«, fragte er mich.

Wir sahen uns an. Ganz in der Nähe gab es ein Kino. Wir schauten uns einen Film an. Einen alten Woody Allen, *Manhattan*.

Es war Nachmittag.

Abends waren wir bei mir. Es war relativ schnell gegangen. Etwas zu schnell vermutlich.

Mittag. Durch Zufall komme ich zur Rialtobrücke. Als ich hochblicke, ist die Brücke da.

Ich finde ein Restaurant am Kanal. Ich sage dem Kellner, dass ich noch jemanden erwarte, und er gibt mir einen Tisch für zwei mit einer Kerze und Blick auf die Gondeln. Die Gondeln fahren nicht hinaus. Es ist zu kalt. Sie sind mit einer Plane abgedeckt, die sie vor dem Wasser schützt.

Es sind keine Gondolieri da, nur ein Fährmann pendelt mit einem flachen Boot zwischen den Ufern hin und her. Diejenigen, die übersetzen, bleiben, als aufrechte Venezianer, stehen.

Die Zeit vergeht. Die Kerze beginnt zu schmelzen. Der Kellner schaut mich eigenartig an. Als er sieht, dass ich Streichhölzer in das Wachs bohre, bringt er mir mein Essen, einen Teller Taglioni mit Meeresfrüchten und ein Glas Weißwein. Ich trinke den Wein. Er ist frisch, angenehm.

Ich sitze kauend am Fenster.

Ich beginne zu träumen. Manchmal träume ich so lebhaft, dass ich den Traum in meinem Mund spüre. Dann knirsche ich mit den Zähnen. Die Gäste drehen sich um. Vor allem die Frauen.

Der Kellner bringt mir mein Dessert, zwei Kugeln Eis mit einem hineingesteckten Keks. Die Rechnung in einer Schale. Er räumt mein Glas, meine Serviette und die Reste der Kerze ab, deren Wachs ich am Ende auf die Tischdecke habe laufen lassen.

Ich schlendere einen Teil des Nachmittags herum. Als ich zurückkomme, ist Luigi in seiner Küche damit beschäftigt, Streichhölzer auf ein großes Holzbrett zu kleben. Er beendet ein Modell, ein großes Boot mit Segeln, die er aus weißem Stoff ausschneidet.

Der Fernseher läuft.

Luigis Küche ist ein privater Ort. Das steht in der Hausordnung. Wenn man ihn braucht, muss man auf eine Klingel neben dem Flügel drücken. Da die Klingel nicht funktioniert, klopft man an die Scheibe.

Privat sind auch die Zimmer, obwohl sie nicht abgeschlossen werden.

Achtzehn Uhr. In bin in meinem Zimmer. Meine Füße brennen, ich habe Blasen an den Knöcheln. Mit einer Schere schneide ich die Haut ab und klebe zwei Pflaster drauf. Das Bett ist weich. Ich lege mich in die Mulde, schlafe.

Als ich aufwache, ist es nach neunzehn Uhr.

Der Russe ist bereits zu Tisch. Er ist ein großer, halb gelähmter alter Mann, der sich so gut er kann in seinem alten Rollstuhl aufrecht hält.

Ein breites bärtiges Gesicht. Helle Augen.

»Guten Tag«, sage ich.

Mit seinem Messer spießt er ein Stück Gruyère auf und legt es auf seinen Teller.

Ich setze mich.

Das Kruzifix hängt mir gegenüber. Als ich hochblicke, sehe ich die Nägel.

Die Suppenschüssel steht noch dampfend auf dem Tisch. Sie enthält eine Fischsuppe, heiß, dick, Croutons schwimmen darauf. Der Russe sagt nichts. Egal. Ich liebe das Schweigen. Das Reden reißt mich aus meinen Gedanken.

Als er den Käse aufgegessen hat, faltet er seine Serviette zusammen und dreht seinen Rollstuhl herum. Jetzt sehe ich es. Die Räder sind mit Filz umwickelt, dem gleichen Filz, aus dem die Pantoffeln bestehen, man hört sie nicht. Kein Geräusch, nur die Tür seines Zimmers, als er sie schließt.

Luigi kommt. Er nimmt die Suppenschüssel und stellt einen Teller vor mich hin, auf dem eine Crêpe in einer Champignonrahmsauce ertrinkt.

»Sie haben sich verspätet«, sagt er.

»Verspätet?«

»Das Abendessen ist um Punkt neunzehn Uhr.«

Er deutet auf die Tür des Russen.

»Er erträgt es nicht, wenn man sich verspätet.«

Die Girlanden auf der Tanne blinken. Rot, gelb, blau, darunter die Krippe in der Pappmachéhöhle.

Das Jesuskind mit Maria, Joseph, dem Esel und dem Ochsen. Etwas abseits die Heiligen Drei Könige. Leise Musik dringt durch die Tür.

»Verlässt er es nie?«, frage ich.

»Niemals, seit fünf Jahren.«

»Und was macht er den ganzen Tag?«

Luigi nimmt die Teller und das Besteck. Er stellt alles auf ein Tablett und fegt die Krümel zusammen.

»Frühstück um neun, ist das in Ordnung?«

Wie ein Schatten gleitet er auf den Filzpantoffeln über den Fußboden hinaus.

Als er an der Tanne vorbeikommt, schaltet er die Girlande aus, und alles erlischt.

Die erste Nacht. Traumlos. Es ist kalt. Ich stehe auf, um eine Decke aus dem Schrank zu holen.

Ich höre Musik am Ende des Ganges, öffne die Tür. Es ist der Russe.

Unter seiner Tür schimmert Licht hindurch.

Ich sehe sie am ersten Morgen, als sie das Zimmer verlassen, noch ganz miteinander beschäftigt. Jung, aneinandergeschmiegt. In enger Umarmung.

Das Leben hat ihnen noch nicht zugesetzt.

Ich sehe sie kommen, sie trägt ein dunkles Kleid. Eine kleine Wolljacke. Das schwarze Haar seitlich zu einem langen Zopf gebunden. Es ist altmodisch, steht ihr aber gut.

Er ist ein Beau. Italiener. Etwas zu sehr.

Trevor und ich haben uns einfach so geliebt.

Blind.

Haut auf Haut. Eng aneinandergeschmiegt.

Immer auf Tuchfühlung, um zu wissen, dass der andere da ist.

Ich höre, wie ihre Schenkel unter dem Tisch aneinanderreiben.

»Ich heiße Carla«, begrüßt sie mich und reicht mir die Hand.

Eine warme Hand, ohne Ring.

Auf dem Tisch Tee, Kaffee, Butter und Croissants. Alles auf Tellern, auf Spitzendeckchen. Echte, aus Stoff, sagt Luigi, wir sind schließlich bei den Bragadins.

»Reisen Sie als verliebtes Pärchen?«, fragt sie und blickt zu meinem Zimmer.

Der Kaffee ist heiß, ich verbrenne mich fast. Ich trinke einen Schluck und stelle die Tasse ab.

»Ich habe bereits die nächste Phase erreicht. Die, in der man vergessen muss.«

Ich nehme eine Scheibe Brot.

»Sie werden schon sehen«, sage ich und blicke ihr tief in die Augen.

Meine Augen sind blau, ihre schwarz.

Ich bestreiche das Brot mit Butter und tauche den Löffel in die Marmelade. Es ist Birnenmarmelade. Ich hole große Fruchtstücke heraus.

Ich habe fünf Kilo zugenommen seit Trevor, und all die Marmelade, die ich verschlinge, macht die Sache auch nicht besser.

Ich beiße in das Brot und spüre, dass ich sabbere.

Ich will ihr Appetit machen.

»Die Liebe ist eine Illusion«, sage ich kauend.

Sie versteht. Ihre Lippen werden plötzlich weiß. Ich glaube, sie wird gleich aufstehen und gehen.

Sie bleibt.

Als er sieht, was für eine Wendung die Unterhaltung nimmt, steht er auf und setzt sich in den Sessel im kleinen Salon, um seine Zeitung zu lesen.

Vormittags laufe ich durch die Stadt, verirre mich. Mittags komme ich zu den Kais. Ich esse in einer Trattoria mit Blick auf die Lagune zu Mittag. In der Ferne erkenne ich die Insel des Lido, zu meiner Rechten liegt der Dogenpalast. Niemand ist da. Keine Touristen. Es ist Winter.

Luigi hat mir gesagt, nutzen Sie es aus, wenn die Bora zu blasen beginnt, können Sie nicht mehr dorthin gehen.

Die Bora, der Wind der Verrückten.

Der Ostwind, der von den Hochebenen herabsteigt und hier, an den Küsten der Adria, am Ziel ist.

Ein reiselustiger Wind.

Die Bora.

Früher Nachmittag. Ein leichter Nebel senkt sich über die Stadt, färbt das Licht weiß, bedeckt alles, lässt die Formen, die Schatten verschwimmen. Verändert die Entfernungen.

Ein Mann, der seinen Hund Gassi führt, erklärt mir, dass sich gegenüber, auf der Insel La Giudecca, ein Frauengefängnis befindet. Er erzählt, dass er sie im Sommer, wenn es sehr heiß ist, schreien hört. Er erzählt auch, dass die Seeleute sich nähern, um diese Schreie zu hören. Dass manche darüber wahnsinnig werden. Dass sie Venedig wegen dieser Schreie nicht mehr verlassen wollen.

»Im letzten Frühjahr hat die *Belem* hier angelegt, an der Riva degli Schiavoni.«

»Die *Belem*?«

»Ein herrliches Segelschiff. Es segelt um die Welt.«

Er zeigt mir die Stelle, sagt, der Anblick dieses Dreimasters sei etwas Wunderbares in Venedig, in diesem Licht, mit all den Männern, die von Deck aus grüßen.

Vaporetto Linie 1, ich steige aus, eine der letzten Haltestellen am Ende des großen Kanals. Santa Maria della Salute, eine Kirche aus weißen Steinen. Von der Kälte sind die Stufen glatt. Ich betrete die Kirche. Im Inneren Bilder, Säulen, ein großer Kronleuchter an einer Kette in der Mitte der Kuppel. Der Ort ist ruhig. Ich bleibe einen Augenblick am Eingang stehen. Dann gehe ich hinaus zu den Kais. Kräne auf Barken reinigen die Ufer des Kanals.

Ich weiß noch nicht, dass ich später mit Ihnen hierherkommen werde.

Ich gehe weiter, möchte einen Rundgang durch Venedig machen. Ich halte es für möglich, das ist es aber nicht. Der Kai endet am Widerlager einer Brücke. Dahinter liegt der Hafenbahnhof. Unmöglich weiterzugehen.

Ich kehre um ins Innere der Stadt. Die Sträßchen. Die Gässchen. Alles hier führt ins Innere zurück. Immer. Selbst die Sackgassen.

Schließlich bekomme ich keine Luft mehr. Ich gehe zum Markusplatz und steige auf den Campanile. Mit dem Aufzug.

Über eine Rampe kann ein Pferd bis zur Spitze des Turms hinaufgehen.

Erzählt mir der Wächter.

»Kein Pferd ist jemals hinaufgestiegen, aber die Rampe existiert. Sie ist dafür angelegt worden.«

Ein Geheimweg im Innern des Turms.

Unbedeutend und nutzlos.

Eine Laune.

Mit der Zeit zu einem Schlupfwinkel für Tauben geworden.

Der Lift führt zur Spitze des Turms. Von dort oben sieht man die roten Dächer Venedigs und in der Ferne die Lagune, den Friedhof, die Inseln.

Inseln der Lebenden.

Inseln der Toten.

Verlassene Inseln.

Ich sehe den Kirchenvorplatz unten, zu Füßen des Turms. Den wuchtigen Schatten des Markusdoms.

Der Wächter kommt zu mir.

»Wir schließen«, sagt er.

Und er bittet mich zurückzutreten, weil ich, um besser sehen zu können, zu nah an der Mauer stehe und er vor Dienstschluss nicht noch Ärger bekommen will.

Abends komme ich pünktlich zum Essen. Der Lehrer reicht mir die Hand über den Tisch hinweg. Er lächelt mir zu.

»Wladimir Pofkowitschin, Fürst von Russland.«

Es ist eine dicke Hand, eine Art Schaufel mit breiten Nägeln und geschwollenen Adern.

Ich nehme die Hand und drücke sie, nicht zu fest.

»Russisches Material«, sagt er und schlägt mit der Faust auf das Rad des Rollstuhls.

Auf meinem Teller liegt meine Serviette vom Vortag, zusammengerollt in einem Holzring, *la camera degli angeli*, zwei Gondeln in Holzbrandmalerei auf jeder Seite.

Ich setze mich.

»Französin?«

»Ja ... Aus der Gegend von Lyon, dem Dauphiné.«

»Dem Dauphiné? Das ist das Zentrum, neblig ...«

Er lehnt sich in seinem Rollstuhl zurück, beide Hände auf dem Bauch.

»Erklären Sie mir das genauer.«

»Zwischen Lyon und Grenoble, aber die Region ist verschandelt: TGV, Autobahnen, Bauen ohne Maß und Ziel! Jeder kann tun und lassen, was er will. Sie sprechen gut Französisch.«

»Ich habe ein paar Jahre in Paris gelebt. Ich rolle immer noch ein bisschen das *r*, finden Sie nicht? Anscheinend lässt sich das nicht mehr ändern. Warum sind Sie nach Venedig gekommen?«

»Um die Liebe zu finden«, erwidere ich.

Er zieht die Augenbrauen hoch.

»Mitten im Dezember?«

»Wieso, gibt es eine Jahreszeit dafür?«

Wir beginnen zu essen. Schweigend. Ich bin kein guter Gesprächspartner, spreche wenig. Mit großen Pausen. Diejenigen, die mich kennen, wissen das.

»Mein Goldfisch ist eingegangen«, sage ich. »Ich habe meine Arbeit verloren. Mein Kerl hat Schluss mit mir gemacht.«

»In welcher Reihenfolge?«

»Der Fisch zum Schluss.«

Der Lehrer wischt sich den Mund mit der Ecke seiner Serviette ab.

»Was ist passiert?«

»Eines Abends habe ich ihn aus dem Glas genommen und auf den Tisch gelegt.«

Der Lehrer verzieht keine Miene. Er öffnet die Flasche und riecht am Korken.

»Ein Sancerre, 1998. Ich lasse ihn extra aus Frankreich kommen.«

Er schenkt sich ein und probiert.

»Mmm … Gut. Geben Sie mir Ihr Glas.«

Ich tauche die Lippen in den Wein. Er wartet, bis ich schlucke. Nicht alles, nur einen Schluck.

»Und?«

»Ausgezeichnet.«

Ich trinke mein Glas aus und spüre, dass ich wieder Farbe bekomme.

Der Lehrer sieht mich an.

»Warum haben Sie Ihrem Fisch das angetan?«

»Ich wollte herausfinden, ob ich noch mehr ertragen könnte.«

»Und?«

»Ich konnte.«

Er lächelt.

»Man kann immer.«

Luigi bringt uns gekochte Tintenfische in einer roten gusseisernen Kasserolle. Dazu Reis.

»Sind Sie wirklich ein Fürst?«

»Aus einem bedeutenden Geschlecht! Mein Vater war Oberst in der Armee unter Zar Nikolas II. Mein Großvater Stabsoffizier, stellvertretender Kommandant in der Peter-und-Paul-Festung in Sankt Petersburg.«

»Sonst noch was?«

»Sie brauchen gar nicht zu lachen.«

Er zeigt mir das blaue Wappen, das auf die Tasche seiner Jacke genäht ist.

»Ich bin ein blaublütiger Fürst aus dem Geschlecht der Pofkowitschin. Die letzten Fürsten Russlands.«

Ohne mich aus den Augen zu lassen, nimmt er sein Messer und schneidet sich in den Finger. Ein Blutstropfen quillt heraus, befleckt die Tischdecke.

Damit ist der Ton vorgegeben. Es ist abgemacht, wir essen am selben Tisch zu Abend, und wir werden uns daran gewöhnen müssen.

Carla und Valentino stehen spät auf. Unmittelbar bevor ich gehe, sehe ich Carla im kleinen Salon am offenen Fenster. Sie tanzt Spitze in einem eng anliegenden schwarzen Trikot.

Als sie mich bemerkt, winkt sie mir kurz zu.

Luigi hat mir erklärt, während der ersten Tage sei das immer so, man läuft und verirrt sich. Danach lernt man, sich zurechtzufinden.

Dadurch, dass ich mich verlaufe, finde ich das Fenice. Oder was davon übrig ist. Eine überdachte Passage mit Eisenblech und Bretterzäunen. Schilder mit der Aufschrift »Gefahr«. Dahinter Geräusche. Hammerschläge, Bretter, die festgenagelt werden.

Das Viertel ist trist. In einer Bäckerei in der Nähe kaufe ich eine Tüte Kekse und gehe weiter.

Venedig ist ein verdammtes Labyrinth. Ich verzichte darauf, nach dem Weg zu fragen. Ich folge den Hinweisschildern zur Rialtobrücke. Als die Schilder aufhören, folge ich meinem Instinkt.

Campo San Bartolomeo, ein Stück weiter die Kirche Santa Maria dei Miracoli.

Wind kommt auf. Ganz plötzlich. Eine Bö, der eine weitere folgt. Die Wäsche beginnt gegen die Fenster zu schlagen. Laken, bunte Stoffe. In den Gässchen gehen die Menschen jetzt schnell, eingemummelte Schatten, Männer, Frauen, unmöglich zu sagen. Schritte, das Geräusch von Absätzen auf dem Boden.

Der erstickte Schrei eines Kindes.

Die Straßen leeren sich auf einen Schlag.

Das ist der Wind.

Die Bora.

Die Wilde.

Ein Fensterladen schlägt irgendwo über mir. Ein zweiter. Und dann eine Tür.

Die Schritte entfernen sich.

Es ist vier Uhr und bereits dunkel.

Campo Bruno Crovato. Eine Katze kommt aus einem Gässchen, eine gelbe, fast rote. Sie überquert den menschenleeren Campo und miaut vor einer Tür. Die Tür öffnet sich einen Spalt, und die Katze geht hinein.

Ich nähere mich dem Fenster.

Ein altes verrostetes Eisengitter. Eine brennende Lampe. Dahinter Bücher, gestapelt auf Regalen. Es handelt sich um einen Laden. Ein roter Hampelmann hängt an seinen Schnüren am inneren Fensterflügel.

Hinter dem Fenster ein Schreibtisch. Auf dem Schreibtisch Bücher, Papiere, Kartons.

Jetzt sehe ich die Katze.

Und am Schreibtisch sitzen Sie.

So sehe ich Sie das erste Mal. Als sitzenden Mann. Beim Lesen, während draußen die Bora bläst und alles mit sich zu reißen droht.

Das Licht der Lampe beleuchtet Ihre Hände. Die Bücher auf dem Tisch. Ihren vorgebeugten Oberkörper.

So sehe ich Sie an diesem Tag.

Sie müssen sich beobachtet fühlen, denn Sie blicken für einen Augenblick auf. Es ist dunkel. Sie können mich nicht sehen, dennoch strecken Sie die Hand aus und schließen den Vorhang.

Der Hampelmann ist jetzt eingeklemmt zwischen Vorhang und Fenster.

Ich sehe Sie nicht mehr. Nur Ihren Schatten. Dahinter scheint immer noch das Licht. Es dringt kaum durch den dicken Stoff.

Die Calle delle Cappuccine ist ein Gässchen in unmittelbarer Nähe der Pension, eine schmale Passage, die zwischen zwei hohen Mauern hindurch zu den Kais der Fondamenta Nuove führt. Der Stein dort ist verwittert, zerkratzt. Der Wind fährt hinein wie in einen Gang. Am Ende liegt die graue Masse des Wassers. Rote Ziegelmauern. Die Insel San Michele, die Insel der Toten. Aller Toten Venedigs. Dort hinten. Begraben.

Ich lasse meine Hand über den Stein laufen. Ich kratze. Ockerfarbene Erde bleibt an meinen Händen zurück. Salzgeschmack.

Das hier ist ein anderes Venedig. Ein Venedig, das sich öffnet. Beinahe blutig.

Ein Taxi fährt den Kanal hinauf. Ich stütze mich mit den Ellbogen auf die Brücke und beobachte, wie es auf mich zukommt. Ich werfe Kiesel ins Wasser. Es ist ein Boot aus lackiertem Mahagoni, an Bord schwarz gekleidete Menschen und eine weinende Frau. Als es unter der Brücke hindurchfährt, sehe ich den Sarg, seinen glänzenden Lack und die Metallplatte.

Blumen.

Man stirbt auch in Venedig.

Ich höre auf, Kiesel zu werfen.

Es heißt, die Mauern des Friedhofs würden einsinken. Eines Tages würden ganze Teile in die Lagune gleiten und die Särge mit sich reißen. Es heißt, an dem Tag würde man nicht mehr wissen, wer wer sei, und dann würde der Tod seine Rechte geltend machen.

Und dieser Tag sei nicht mehr fern.

Ins Wasser gerammte Pfähle stecken den Weg ab, den die Boote nehmen. Alles ist still, nass. Ich schlendere umher.

Ein Café. Alte Männer am Tresen, Fischer. An der Wand mit Heftzwecken befestigt Fotos von Schauspielern. Schwarz-Weiß-Fotos.

Ich trinke eine Schokolade und betrachte das Meer, das draußen gegen den Kai schlägt. Dann kaufe ich eine Tüte Zaletti, Kekse, die ich esse, während ich auf das Vaporetto warte. Die Lagune ist grau, stellenweise braun vom Schlamm, der an die Oberfläche steigt.

Linie 52, der Canale di Cannaregio, die Brücke der drei Bögen und zur Linken die dunklen Viertel des Ghettos.

Ich steige am Bahnhof aus und überquere die Brücke. Es ist Markttag in den Vierteln der Pescheria.

Der Fisch wird in Barken geliefert. Gemüse. Früchte.

In den Hallen stehen Gewürzhändler und Händler, die Stoffe auf bunten Rollen verkaufen. Die roten Planen knattern im Wind.

Eine alte Frau sitzt auf ein paar Kartons. Ihre Knöchel sind blau, ihre Adern knotig.

Ihre Hand ist geöffnet.

Neben ihr ein paar halb verfaulte Bananen. Als ich ihre Venen sehe, gebe ich ihr meine restlichen Zalettis.

Durch Zufall finde ich irgendwann Ihr Geschäft wieder, ohne danach zu suchen, ja, ohne daran zu denken. Ich blicke auf und sehe vor mir das Schaufenster.

Das Fenster mit dem Hampelmann.

Draußen auf Ständern stehen Bücher in Kästen.

An der Tür klebt ein Plakat, auf dem in schwarzer Tinte steht: *Non datemi del latte perché mi fa male. Lulio (il gatto rosso)*. (Gebt mir keine Milch, weil sie mir nicht guttut. Lulio (die rote Katze).)

Darunter das Foto einer Katze.

Ich drücke die Tür auf. Das Holz ist aufgequollen, sie schleift über den Boden. Im Innern überall Bücher, dunkle Vertiefungen und Stapel von Kartons.

Regale, Vitrinen, Plakate an den Wänden, mit Heftzwecken befestigte Fotos. Ein gelbes Licht kommt von der Decke. Es taucht alles in Schatten.

»Guten Tag«, sage ich und bewege mich so, wie man eine Höhle erkundet.

Die Bücher sind thematisch geordnet, Geschichte, Literatur, Kunst. Briefe sind angeklebt. An manchen Stellen lösen sie sich.

»Haben Sie einen Plan?«, frage ich.

»Einen Plan? Ich mache dauernd welche.«

Ihre Stimme ist heiser. Die Stimme eines Rauchers. So wirkt sie auf mich, als ich sie das erste Mal höre.

»Wo kann ich einen finden?«

»Überall. An einem Zeitungskiosk.«

Um den Schreibtisch herum riecht es nach Rauch, wegen des Aschenbechers, der schlecht ausgedrückten Kippen. Ich nähere mich.

»Verkaufen Sie den?«, frage ich und deute auf den Hampelmann am Fenster.

Sie schütteln den Kopf.

Auf dem Schreibtisch liegen weitere Bücher in wackeligen Stapeln. Stifte, Papiere, ein Telefon. Mittendrin ein großes aufgeschlagenes Buch. Eine farbige Doppelseite. Ich gehe um das Fenster und das Buch herum.

Ich betrachte das Foto.

»Die Plaza Mayor in Salamanca«, sage ich und lege den Finger darauf.

Sie blicken auf.

»Kennen Sie sie?«

»Ich bin letztes Jahr dort gewesen. Man muss frühmorgens einen Kaffee unter den Arkaden trinken. Den menschenleeren Platz sehen.«

Sie nähern sich, legen ebenfalls die Hand auf das Foto.

»Manchmal kann man mit etwas Glück einsame Störche auf dem Dach des Rathauses sehen. Das sind unvergessliche Augenblicke.«

Ihre Stimme gefällt mir. Diese Stimme, die geradewegs aus Ihrem Bauch zu kommen scheint.

Und dann Ihre Augen.

»Sie können darin blättern«, sagen Sie und legen das Buch in meine Hände.

Sie deuten auf den Stuhl, auf dem die Katze schläft.

»Sie können sich auch setzen.«

Sie nehmen die Katze herunter und setzen sie auf den Schreibtisch.

»Ist das die Katze Lulio?«, frage ich.

»Ja.«

»Die Milch macht sie krank?«

»Milch macht alle Katzen krank, aber das wissen die Leute nicht.«

Mir ist warm. Am liebsten würde ich meinen Mantel ausziehen, aber ich tue es nicht. Ich lege meinen Schal auf einen Karton neben dem Schreibtisch.

Sie gehen in den hinteren Teil des Raums zurück.

Wortlos.

Ich blättere die Seiten um.

Für mich ist die Plaza Trevor. Die Liebe mit Trevor zwischen den Bettlaken, drei Tage, ohne das Zimmer zu verlassen. Von Salamanca habe ich nichts gesehen. Nichts in Erinnerung behalten. Aber das kann ich Ihnen nicht sagen.

Ich habe Staub in den Augen, verspüre einen wahnsinnigen Niesreiz.

Nach ein paar Minuten schließe ich das Buch.

Ich stehe auf. Ich sage Ihnen auf Wiedersehen oder Danke. Oder beides.

Sie antworten nicht.

Zwölf vorbei, hier ganz in der Nähe, am Campo Santa Maria Nova. Ich bestelle ein Glas Wein und einen Teller mit in Scheiben geschnittener Stierwurst.

Auf dem Platz ein paar Bänke und zwei große Bäume. Jungs kicken einen Ball gegen die Wand.

Ich vergesse Sie.

In diesem Augenblick bedeuten Sie noch nichts für mich. Nur die Zukunft, die ich in mir trage.

Eine mögliche Geschichte.

Das sind Sie.

Nur das.

»*Che cosa dice?*« (»Was sagen Sie?«)

»*Niente.*« (»Nichts.«)

Ich träume einen Augenblick am Fenster. Als ich hinausgehe, berühre ich meinen Hals. Mein Schal ist nicht mehr da. Ich habe ihn bei Ihnen vergessen, auf dem Karton. Ich überquere den Platz.

Als ich ankomme, ist es dreizehn Uhr, die Buchhandlung ist geschlossen.

Abends bin ich pünktlich zum Essen da, sogar ein wenig zu früh. Ich finde den Fürsten im Salon unter der Lampe. In seinem Rollstuhl, an dieses Ding geschweißt wie an einen zweiten Körper.

Er legt sein Buch neben sich auf den Tisch und lässt die Räder kreisen.

»Haben Sie Mitleid?«, fragt er, meinem Blick folgend. »Brauchen Sie nicht. Er funktioniert ausgezeichnet.«

Er deutet auf den Stuhl neben ihm.

»Setzen Sie sich.«

Ein niedriger Stuhl, mit abgewetztem Samt bezogen und mit kleinen geschnitzten Armlehnen.

»Na, wie war der Tag?«

»Es ist Winter«, antworte ich. »Ich weiß nicht, ob ich die richtige Jahreszeit gewählt habe.«

»Hier sind alle Jahreszeiten richtig. Wo sind Sie gewesen?«

»Überall … Im Rialto-Viertel.«

»Haben Sie den Buckligen gesehen? Das ist eine Statue, die die Brücke stützt.«

»Nein.«

Der Fürst nimmt seine Pfeife. Er schiebt sie zwischen die Lippen und reißt ein Streichholz an, führt es an den Tabak.

»Im Rialto hat man alles verkauft, sogar Sklaven und Huren. Es war ein Ort wüster Ausschweifungen.«

Er saugt ein paar Mal, die Flamme flackert. Der Tabak flammt auf. Der Fürst blickt sich nachdenklich um.

»Sogar hier, in diesem Palazzo, ich kann Ihnen sagen… Was lesen Sie im Augenblick?«

»Im Augenblick… nichts.«

»Nichts? Lesen Sie nicht gern?«

»Ich weiß nicht…«

»Wie, Sie wissen nicht? Die Franzosen lesen für ihr Leben gern, das ist doch bekannt!«

Er beugt sich zum Bücherregal vor und zieht ein rot eingebundenes Buch heraus.

»Tolstoi, einer der Größten.«

Er gibt mir das Buch.

»*Anna Karenina*, eine französische Übersetzung, das müsste Ihnen gefallen.«

Ich bin es nicht gewohnt, Bücher zu lesen. Zeitschriften und Fernsehreportagen sind eher mein Fall. Ich lege das Buch auf den Tisch.

»Wie sind Sie hierhergekommen?«, frage ich.

»Mit dem Flugzeug und dann mit dem Boot.«

»Das meine ich nicht… Das Leben in dieser Stadt ist immerhin nicht gerade leicht.«

»Schwierigkeiten formen den Charakter, pflegte mein Vater zu sagen.«

»Und wollen Sie Ihr Leben hier beenden?«

Der Fürst deutet auf den Schnee draußen, den weißen Himmel.

»Ist Ihnen klar, dass es schneien wird?«

Am nächsten Tag ist Sonntag, Ihr Laden ist geschlossen. Wie auch am Montagvormittag. Ich warte bis zum Nachmittag.

»Ihr Schal?«, sagen Sie und blicken sich um.

Er ist zwischen einen Karton und die Wand gerutscht. Ich deute auf ihn. Die Wolle hat den Geruch des Ladens angenommen. Sie schütteln ihn wegen der Katze, die sich daraufgelegt hat. Staub. Haare fliegen umher.

Ich niese, einmal, zweimal. Dann lasse ich meine Hände in den Regalen umherwandern. Ich richte die Bücher ordentlich aus. Schnitt an Schnitt. Mit dem Finger. Ganz automatisch. Es ist stärker als ich.

Sie nähern sich.

»Die Bücher müssen atmen können.«

Trevor sagte solche Dinge, *du nimmst mir die Luft zum Atmen, du machst mir das Leben unmöglich.* Ich habe alles in ein Heft geschrieben, all seine Worte, bis zum letzten, am Abend des siebenundzwanzigsten Tags, als er *salut* gesagt hat und die Treppen hinuntergestürmt ist.

Er hat mir den Goldfisch dagelassen.

Danach habe ich den Klang seiner Stimme nur noch auf dem Anrufbeantworter gehört. Ich habe zehn-, zwanzigmal angerufen, mir seine Ansage immer wieder angehört. Seine Stimme. Seinen Atem. Irgendwann war sein Anrufbeantworter dann ausgeschaltet.

Ich senke die Stirn.

Ich möchte gehen.

Ich nehme ein Buch, lege es zurück.

Nehme ein anderes.

Langsam nähere ich mich dem Schreibtisch und streichle die Katze. Morgen werde ich den Kanal nach einer tiefen Stelle absuchen. Es muss eine geben, es kann gar nicht anders sein. Die Katze beginnt zu schnurren. Es kommt aus ihrem Bauch, ein langes regelmäßiges Zittern.

»Das ist eine liebe Katze«, sage ich.

Sie nehmen mir das Buch ab, weil ich es zu sehr an mich drücke und mein Schweiß Abdrücke auf dem Ledereinband hinterlässt. Sie legen es an seinen Platz zurück, auf einen Stapel hinter Ihnen.

»Wussten Sie, dass es in Venedig kaum noch Katzen gibt?«

Sie gehen zur Katze zurück.

»Die hier hab ich auf der Insel San Clemente gefunden. Kennen Sie die Insel San Clemente? Früher gab es dort eine Irrenanstalt. Sie haben die Insassen fortgebracht, um ein Luxushotel daraus zu machen. Das Hotel gibt es bis heute nicht, aber die Verrückten sind fort. Die Insel ist verlassen. Es leben nur noch Katzen dort, Hunderte von Katzen, die sich hemmungslos vermehren. Es sind so viele, dass sie nicht mehr genug Nahrung finden. Eines Tages bin ich hingefahren. Und habe die hier mitgenommen.«

Sie streicheln das Tier.

»Sie ist eine sehr geheimnisvolle Katze. Manchmal, wenn wir allein sind, steht sie auf, kommt zu mir und drückt ihre Stirn sanft gegen meine. Seltsam, nicht wahr?«

Sie streicheln sie noch immer.

»Die Abwesenheit der Katzen ist Venedigs Hauptleiden.«

»Luigi hat achtzehn.«

»Luigi?«

»Der Mann, der die Pension Bragadin führt.«

»Ich kenne ihn. Er kommt manchmal her … Er begeistert sich für alte Geschichte. Ich wusste nicht, dass er Luigi heißt.«

Sie lächeln.

»Achtzehn Katzen. Schon verrückt.«

Sie heben die Papiere hoch, die auf Ihrem Schreibtisch liegen, versuchen, einen ordentlichen Stapel daraus zu machen, und legen sie wieder hin.

»Haben Sie alle Bücher hier gelesen?«, frage ich.

»Alle nicht! Aber doch einige.«

»Ich lese *Anna Karenina*.«

Hingehaucht. Einfach so. *Anna Karenina*.

Ich wiederhole es.

»*Anna Karenina* von Tolstoi.«

Sie müssen lachen.

»Wollen Sie einen Kaffee?«

Sie lassen die Papiere, wo sie sind, und deuten wie zur Erklärung auf die Uhr.

»Fünfzehn Uhr, Zeit für eine Pause.«

Hinten im Laden hängt ein Vorhang, dahinter eine Art Kabuff voller Kartons. Dorthin gehen Sie. Ich höre das Geräusch einer Kasserolle, von fließendem Wasser. Ein Streichholz, das angerissen wird.

Während Sie beschäftigt sind, gehe ich zwischen den Regalen umher. Ich nehme ein Buch. Aufs Geratewohl. Ich schlage es auf, eine Seite in der Mitte.

Sie kommen mit einem Tablett mit zwei Tassen und Zuckerwürfeln in einer Schale zurück.

Sie gießen den Kaffee in die Tassen.

Mit dem Finger deuten Sie auf das Buch, das ich an mich drücke.

»Kennen Sie Zoran Mušič?«

Ich schüttele den Kopf. Sie setzen sich auf einen Karton, ich wähle den Stuhl gegenüber.

»Das ist ein Maler. Er lebt hier in Venedig, im Dorsoduro.«

Ich betrachte das Buch. Den Titel. *La barbarie ordinaire* von Jean Clair. Die gewöhnliche Barbarei, Mušič in Dachau.

Sie zünden sich eine Zigarette an.

»Dieser Mann ist in der Malerei bis zum Äußersten gegangen. Er hat gemalt, was sich eigentlich nicht darstellen lässt.«

Sie erzählen mir von ihm. Lange. Öffnen immer wieder das Buch und schließen es. Als Sie aufhören, lächle ich. Vielleicht erwarten Sie, dass ich etwas sage.

Ich habe nichts zu sagen. Ich höre Ihnen zu.

Schließlich zeigen Sie mir die Zeichnungen, die in dem Buch abgebildet sind. In Schwarz-Weiß. Dachau. Das Lager. Zittrige Zeugnisse. Zu Skeletten abgemagerte Körper. Angsterfüllte Gesichter vor Mauern.

»Ist Ihnen warm?«

Ich nicke.

Ich blicke zum Fenster, zur Holzpuppe. Zum Licht auf dem Platz.

Ich kaufe das Buch. Hundertsechzig Seiten. In dünnes durchscheinendes Papier eingeschlagen.

Ich drücke das Buch an mich, als ich hinausgehe.

Luigi hat Stierschmorbraten mit frischen Nudeln für uns zubereitet. Der Schmorbraten ist ein bisschen angebrannt. Um den Geruch zu vertreiben, hat er das mittlere Fenster der Fensterfront geöffnet.

Jetzt dringt die ganze Kälte von draußen in den Salon.

Auf dem Tisch steht eine Flasche Bordeaux.

Der Fürst lächelt mir zu.

»Ein Saint-Émilion von 1986! Geben Sie mir Ihr Glas.« Er füllt es.

»Extra für Sie, weil Sie heute pünktlich sind.«

Ich trinke einen Schluck. Er sieht mir zu.

»Sie trinken schnell«, sagt er.

Dann füllt er sein Glas.

»Der Wein muss sich setzen, im Mund gehalten werden. Erst danach schluckt man ihn hinunter.«

Er zeigt es mir. Es ist wie ein Ritual. Schweigend vollzogen.

Als er fertig ist, stellt er sein Glas ab.

»Und, wie war der Tag?«

»Ich bin bei einem Buchhändler am Campo Crovato gewesen.«

»Manzoni.«

»Ich weiß nicht.«

»Ich sage Ihnen, der Buchhändler am Campo Crovato heißt Manzoni. Was hat er Ihnen verkauft?«

Ich hole das Buch aus meiner Tasche.

»Mmm … Zoran Mušič.«

Er öffnet das Buch, liest ein paar Sätze.

»Fürchten Sie nicht die Kälte?«, frage ich und zeige auf die Fensterfront.

Der Fürst greift zu seinem Glas.

»Bei mir zu Hause war es noch viel kälter.«

Er dreht das Glas vor seinem Gesicht.

»Wo waren Sie zu Hause?«

»In Sankt Petersburg.«

Luigi bringt die Platte, stellt sie auf den Tisch und schließt das Fenster.

Der Fürst hält den Wein gegen das Licht, der granatfarbene Glanz hinter dem Glas.

»Ich bin dort geboren, 1917, zu Beginn der Revolution. Aber ich habe in Berlin gelebt, und ich habe fünf Jahre in Paris verbracht.«

Er setzt sein Glas ab.

Mit dem Löffel hebt er vorsichtig die Fleischstücke hoch. Vermischt sie mit der Sauce.

»Darf ich Ihnen auftun? In Berlin hatten wir eine französische Gouvernante. Mein Vater hat mich auf die besten Schulen geschickt. Ich spreche Russisch, Italienisch, Deutsch und Französisch und lese Lateinisch im Original. Mein Vater war sehr anspruchsvoll. Mit zehn gab er mir Dostojewski zu lesen, und das Schlimmste ist, dass es mir gefiel.«

»Und Ihre Mutter?«

»Meine Mutter war Musikerin, sie spielte in einem Orchester in Sankt Petersburg. Durch die Revolution musste sie aufhören. Danach sind wir nach Berlin gezogen, sie hat Klavierstunden gegeben, aber das war nicht das Gleiche. Mit zunehmendem Alter ist sie taub geworden. Zum Ende ihres Lebens hin hörte sie Musik, indem sie beide Hände auf das Klavier legte. Mein Bruder Iwan spielte für sie. Sie sagte immer, sie würde ihn hören. Iwan ist ein großer Musiker geworden. Heute lebt er in New York.«

Wir essen. Schweigend.

Erst als wir fertig sind, reden wir.

»War es schön bei Ihnen zu Hause?«, frage ich.

»Ja, sehr schön.«

»Auf welche Weise schön?«

»Ein Schloss auf dem Land an den Ufern der Newa. Man muss sich das vorstellen. Als die Revolution ausbrach, war ich ein kleines Kind. Mein Großvater ist vor dem Gitterzaun des Schlosses erschossen worden, von Milizen, Bauern, die für ihn arbeiteten. Sie hatten von ihm verlangt, seine Tressen abzureißen. Ein Stabsoffizier kann das nicht tun. Sie haben ihn an die Gitterstäbe gefesselt. Als er starb, soll er ›Es lebe der Zar!‹ gerufen haben.«

»Ganz schön verrückt«, sage ich.

»Dass er ›Es lebe der Zar!‹ gerufen hat?«

»Dass er seine Tressen nicht abgerissen hat.«

Wir sehen uns einen Augenblick stumm an, dann greift der Fürst nach seinem Glas.

»Denken Sie, was Sie wollen.«

Er trinkt einen Schluck.

»Was haben Sie danach gemacht?«

»Was konnten wir schon tun? Wir sind fortgegangen. Meine Großmutter hatte ein Stadthaus in Sankt Petersburg. Dorthin sind wir gezogen. Ein paar Monate waren wir dort eingesperrt, ohne hinauszukönnen. Mein Vater dachte, die Lage würde sich beruhigen, diese Revolution sei gar keine und wir könnten schon bald ins Schloss zurückkehren. Bevor wir gingen, hatte meine Großmutter Bilder und Schmuck in einen Koffer gepackt. Das hat uns erlaubt durchzuhalten. Eine merkwürdige Zeit! Ich erinnere mich, wir aßen Maisbrei auf Silbergeschirr. Meine Niania kümmerte sich um mich.«

»Ihre Niania?«

»Meine Amme. Eine wunderbare Frau… Sie hat mir das Fahrradfahren in den Fluren der Wohnung beigebracht. Stellen Sie sich das mal vor… Meine Mutter war mit meinem Bruder Iwan schwanger. Als er geboren wurde, begann der Typhus die Menschen unter unseren Fenstern dahinzuraffen.«

Der Fürst sieht mich aufmerksam an.

»Sie trinken zu schnell«, sagt er, »das ist kein Wein für den Durst.«

Er macht es sich in seinem Rollstuhl bequem, das Glas in der Hand.

»Lassen Sie sich Zeit. Sehen Sie sich diese Farbe an! Das ist ein Wein, der Geduld braucht. Wie diese Stadt. Mein Vater sagte immer, damit beginnt das Wissen, indem man guten Wein zu schätzen lernt.«

»Ich fange spät an.«

»Die Hauptsache ist, dass man überhaupt anfängt.«

Er behält etwas Wein auf seiner Zunge und lässt ihn fließen.

»Jeder Wein, den Sie trinken, muss Sie an einen Wein erinnern, den Sie bereits getrunken haben, einen Duft, eine Gegend. Ebenso wie alles, was Sie lernen, sich mit etwas verbinden muss, das Sie bereits wissen. Auf diese Weise entsteht das Wissen. Trinken Sie jetzt.«

Der Wein dringt in meine Zunge. Der Geschmack bleibt.

»Und?«

»Es ist besser.«

Luigi bringt Käse auf einer Platte. Wir essen, ohne zu reden, der Fürst lehrt mich das. Eins nach dem anderen. Und danach die Worte.

»Ihre Niania?«

»Sie kam vom Land, eine mutige, sehr starke Frau. Die Milizsoldaten waren ihr gegenüber nicht misstrauisch. Manchmal nahm sie mich an die Ufer der Newa mit, in die Gärten gegenüber dem Winterpalast. Um mit mir an die frische Luft gehen zu können, musste sie mich wie einen Bettler anziehen. Man hätte uns wie Hunde erschlagen für eine Manschette aus Spitze.«

»Und das Schloss?«

»Es wurde geplündert und niedergebrannt wie viele andere. Man soll die Flammen kilometerweit gesehen haben. Die Legende sagt, es brenne noch immer.«

»Sie sind nie wieder da gewesen?«

»Nein.«

Luigi räumt die Teller, das Brot ab. Er stellt zwei Stücke Apfelkuchen vor uns hin.

Er wünscht uns eine gute Nacht.

»Sie hatten nicht so unrecht, die Schlösser niederzubrennen«, sage ich.

Der Fürst mustert mich.

»Man zerstört nicht, was schön ist, aus welchen Gründen auch immer. Das macht man einfach nicht.«

»Sie sagen das, weil Sie auf der richtigen Seite stehen.«

Er schiebt den Teller mit seinem Stück Apfelkuchen zu mir.

»Ich mag keinen Zimt. Und er hat Zimt drangetan.«

Ich esse mein Stück und mache mich über seins her.

Ich halte einen Moment inne, die Gabel in der Luft.

»Ist das ein Diamant an Ihrem Ring?«

»Ein schwarzer. Er hat einen Teil Russlands im Saum meiner Niania durchquert. Meine Großmutter hat ihn niemals verkaufen wollen. Mein Vater auch nicht. Er hat ihn mir geschenkt. Ich werde mit ihm sterben.«

Der Fürst lächelt mir zu.

»Es ist eine Freude, Sie essen zu sehen.«

Schließlich kaufe ich doch noch einen Stadtplan, aber nicht bei Ihnen. Anderswo. An einem Kiosk am Campo Santo Stefano.

Einen detaillierten Plan, mit den Sackgassen, den Hausnummern und allen Sehenswürdigkeiten.

Drei Tage erkunde ich die Stadt, besuche die Kirchen. Schaue mir die Tintorettos in der Scuola di San Rocco, Tizians Fresken und das Museum der Accademia an. Mische mich unter die Gruppen. Folge den Führern.

Ich verschlinge alles, die Buchmalereien in der Nationalbibliothek, die Giorgiones, die Carpaccios. Am Ende ist es zu viel, ich bringe alles durcheinander.

Die Füße tun mir weh. Ich kann nichts mehr aufnehmen.

Schließlich kopple ich mich ab, mitten im Dogenpalast, in der Sala del Consiglio dei Dieci, vor dem *Jupiter schleudert seine Blitze gegen das Laster*. Ein französischer Führer, er erklärt ausgezeichnet, ich habe keine Entschuldigung. Doch der Veronese ist nur eine Kopie, das Original hängt im Louvre, geraubt von Napoleon.

Draußen finde ich die Kälte, das Licht wieder. Das Graugrün der Lagune. Es geht mir besser. Ich kann atmen.

Ich gehe ein wenig.

Ich kaufe mir dreihundert Gramm Schokolade. Dunkle. In Stücken.

Der Geschmack erinnert mich an die Schweiz, an meine

Frühlingsferien mit Trevor. Ich esse sie auf einer Bank, ein-
gemummelt in meinen Mantel, im Geplätscher des Wassers
an den Pontons.

Die Salons des Caffè Florian. Mit rotem Samt bezogene Sitzbänke. Weiße Marmortischchen. Mit Blick auf den Markusplatz.

»Ich möchte unbedingt den Tisch unter dem Chinesen«, bitte ich.

Der Kellner ist das gewohnt. Er geht voraus.

»Sie haben Glück, er ist frei.«

Der Salon. Ein Tisch und darüber das Bild. Ich betrachte es. Der Fürst hat es mir erklärt. Der Grund sind Barrès und Proust. Sie pflegten sich hier zu verabreden, unter dem Chinesen. Und redeten. Ganze Nachmittage.

»Der Fürst hat mir empfohlen hierherzukommen.«

Der Kellner sieht mich an, nicht wirklich überrascht.

»Was nehmen Sie?«

»Eine Schokolade.«

Die Zeit vergeht. Leer, ruhig. Gedämpft. Draußen wird der Himmel dunkler, fast schwarz. Der Stein dagegen färbt sich rosa. Auf dem Platz die ersten Regentropfen. Schirme öffnen sich. Passanten eilen vorbei.

Die Schokolade ist heiß. Sie wird mit kleinen weichen Baisers serviert. Auf der Flüssigkeit ein leichter süßer Schaum, der an den Lippen kleben bleibt.

Leute kommen herein. Andere gehen hinaus. Manche bilden Gruppen draußen unter den Arkaden.

Es gießt jetzt in Strömen.

Ich beginne mich zu langweilen, nehme meine Uhr ab. Lege sie flach auf den Tisch und sehe zu, wie die Zeiger sich drehen. Ich hätte mich ans Fenster setzen sollen, jetzt ist kein Platz frei.

Mit Trevor saß ich gern so da an Regentagen. Als er mich verließ, sagte er: »Ich kann nicht mehr, verstehst du?«

In einem Ton.

Es war vor allem der Ton.

Ich krame in meiner Tasche und hole ein Taschentuch heraus. Für einen Augenblick sehe ich alles verschwommen. Ich finde das Buch und drehe es in meinen Händen. *Mušič in Dachau.* Ich hatte es vergessen.

Ich bestelle ein Stück Kuchen und beginne zu lesen, den ersten Satz, ein Zitat von Léon Bloy: »Ich hatte bereits die Vorahnung, dass diese Welt nach dem widerwärtigen Bild der Abdecker geschaffen worden war.«

Der Kellner stellt den Kuchen auf den Tisch. Neben das Buch.

Ich lese das Zitat ein zweites Mal. Und dann lese ich weiter. Es lässt mich nicht mehr los. Jedes Wort. Das Lager, die Angst, die Katastrophe. Das alltägliche Grauen.

Seite um Seite.

Der Hunger.

Die Kälte.

Und mittendrin ein Mann, der zeichnet.

Ich lese alles, sogar die technischen Angaben auf der letzten Innenseite und die vierte Umschlagseite.

Als ich fertig bin, klappe ich das Buch zu.

Ich lasse es nicht los.

Ich weiß nicht, wie lange ich so dasitze. Als ich aufblicke, regnet es nicht mehr.

Auf dem Tisch steht immer noch der Kuchen mit der geschmolzenen Sorbetkugel.

Ich finde den Fürsten bei Einbruch der Nacht im Lesezimmer.

Er trägt einen marineblauen Anzug mit Stehkragen und einer doppelten Reihe goldener Knöpfe.

Auf dem Tisch seine Brille und eine Dose Bonbons. Als er mich sieht, legt er sein Buch hin.

»Ich habe auf Sie gewartet.«

Er bedeutet mir, näher zu kommen.

»Setzen Sie sich zu mir.«

Er schlägt mit der flachen Hand auf das Kissen im Sessel.

»Und, wie ist das Wetter heute in Venedig?«

»Heute Morgen war es neblig. Bodennebel und auch Nebel von der Lagune her. Ein Boot kam auf dem Canale della Giudecca heran und legte an der Riva degli Schiavoni an. Das reinste Geisterboot.«

»Und dann?«

»Dann habe ich Kirchen besichtigt. Ich weiß nicht, warum es in Venedig so viele Kirchen gibt, sie sind immer leer.«

Ich krame in meiner Tasche und hole den Untersetzer aus Papier heraus, den ich im Florian mitgenommen habe.

Der Fürst sieht mich neugierig an.

»Sie klauen in Cafés?«

Er dreht den Untersetzer in den Fingern.

»Haben Sie den Platz unter dem Chinesen bekommen?«, fragt er.

»Ja, habe ich.«

»Und?«

»Und nichts. Es ist nicht gerade der beste Platz, um den Markusdom zu sehen, aber die Schokolade ist gut. Sie wird in Porzellantassen serviert. Wenn man trinkt, bleibt Schaum an den Lippen kleben.«

»Schaum?«

»Ja.«

Er steckt den Untersetzer in seine Tasche.

»Und was noch?«

Der Tag zieht an mir vorüber. Nicht sehr lang.

»Ich habe ein Buch gelesen. Das über Mušič, was er erlebt hat, als er in Dachau war.«

Der Fürst lehnt sich in seinem Rollstuhl zurück.

»Erzählen Sie.«

»Im Lager herrschte das Grauen, aber das wusste ich schon. Was ich nicht wusste, ist, dass sich die Menschen, die dort eingesperrt waren, vor dem Tod retteten, indem sie Gedichte rezitierten. Gedichte, und auch Bücher ... Sie erinnerten sich an Worte, an die kleinsten Details, waren tatsächlich dazu in der Lage. Sie hatten diese Kraft. Und das hat verhindert, dass sie starben.«

Ich schlage das Buch auf.

»Hören Sie, Seite 106: ›Was man im Kopf behält, ist das einzige Gut, das die Barbarei einem nicht nehmen kann.‹«

Ich sehe den Fürsten an.

»Diese Menschen suchten in der Tiefe ihrer Gedächtnisse nach Bruchstücken von Gedichten. Manchmal halfen sie sich gegenseitig, sie zu rekonstruieren, und tauschten Worte gegen Brot.«

»Und Mušič?«

»Mušič hat gezeichnet.«

Ich blättere die Seiten um.

»Sehen Sie sich diese Zeichnungen an ... Es gab überall Tote, haufenweise. Er hätte erschossen werden können, weil er es gewagt hat, das zu tun. Als er aus dem Lager zurückkam, hat er versucht zu vergessen. Erst später, viel später, hat er seine Zeichnungen wieder hervorgeholt, konnte er sie erneut betrachten. Aber jahrelang konnte er nicht einmal darüber sprechen.«

Wir reden. Lange. Um uns herum wird es immer dunkler. Draußen ist es Nacht geworden. Ich mache die kleine Lampe an.

Um sieben ruft uns Luigi. Das Abendessen ist fertig. Wir gehen zu Tisch.

Der Fürst ist immer noch nachdenklich. Ich traue mich nicht, ihn zu stören. Lediglich ein paar Sätze mit langen Pausen. Ich lasse ihn in Ruhe. Als wir mit dem Essen fertig sind, ergreift er das Wort:

»Ich werde Ihnen etwas erzählen, das ich noch niemandem erzählt habe.«

Er füllt mein Glas, dann schenkt er sich ein. Ich nehme einen Schluck und behalte ihn im Mund, wie er es mich gelehrt hat.

»Dort, wo ich früher gelebt habe, in Berlin, gab es ein Dorf. Dieses Dorf lag in einem tiefen Tal zwischen zwei Hügeln. Eines Tages haben Männer beschlossen, einen Staudamm zu errichten. Die Bewohner mussten ihre Häuser verlassen. Sie haben alles, was sie konnten, auf Karren gepackt. Tagelang riss der Strom von Menschen auf den Straßen nicht ab. Am festgesetzten Tag sperrten die Soldaten die Zugangswege, durchsuchten die Häuser und öffneten dann die Schleusen. Ich stand mit meinem Vater auf dem Hügel, als sie das taten.«

Der Fürst dreht sein Glas in den Fingern.

»Mein Vater war einer der Männer, die den Bau des Staudamms beschlossen hatten. Er hat viel Geld verdient. Das hat ihm erlaubt, Ländereien auf den Anhöhen von Berlin zu erwerben, ein ausgedehntes Gut, das er in ein Gestüt verwandelte. Dort bin ich aufgewachsen. Es war ein herrlicher Ort. Die Leute kamen aus der ganzen Welt, um unsere Ställe zu besichtigen und unsere Zuchthengste zu sehen. Mein Vater liebte alles, was schön war. Er war Sammler. Ein leidenschaftlicher Sammler. Sobald er Geld hatte, begann er Bilder zu kaufen, von bedeutenden Malern, Impressionisten vor allem.«

»Und die Leute aus dem Dorf?«

»Eine Weile sind sie noch in der Nähe des Sees geblieben, doch dann haben sie sich über die Gegend verteilt. Ich weiß nicht, was aus ihnen geworden ist.«

Der Fürst führt sein Glas an die Lippen.

»Mein Vater hat seine Sammlung auf dem Unglück dieser Leute aufgebaut. Doch das Schrecklichste an der Geschichte ist, dass mir die Bilder, die er kaufte, gefielen. Ich hätte mich schuldig fühlen müssen… Aber als ich älter wurde, habe ich eine ähnliche Leidenschaft wie er entwickelt. Sonntags nahm er mich in die Museen mit. Er hat mich mit Bracque, mit Picasso bekannt gemacht. Ihm verdanke ich es, dass ich bedeutende Maler wie Staël und Bram van Velde kennengelernt habe.«

Erneute Pause, dann:

»Ich erzähle Ihnen das, weil ich das Leben, das ich geführt habe, diesen Menschen verdanke, aus dem Dorf auf dem Grund des Wassers. Ich fühle mich häufig schuldig.«

»Aber es war doch nicht Ihre Schuld.«

Der Fürst lächelt.

»Sie haben sicher recht, es war nicht meine Schuld …«

Er nähert sein Glas dem meinen.

»Wir sind sehr ernst heute Abend. Stoßen wir an!«

Carla und Valentino stehen spät auf. Als sie in den Salon kommen, bin ich schon mit dem Frühstück fertig.

Carla ist nicht dieselbe, wenn sie mit Valentino zusammen ist. Wir wechseln ein paar Worte, dann lasse ich sie allein.

»Wie lange sind Sie schon zusammen?«, frage ich, als ich im Mantel zurückkomme.

Valentinos Hand legt sich auf Carlas Arm.

»Entschuldigung«, sage ich.

Campiello Bruno Crovato. Die Tür quietscht. Selbst wenn man sie hochzieht, schleift sie über das Holz.

Wie an dem Tag, als ich Sie das erste Mal gesehen habe, sitzen Sie am Schreibtisch.

»Guten Tag«, sage ich.

Sie blicken auf.

Das Buch über Mušič ist in meiner Tasche. Ich hole es heraus.

»Ich habe es gelesen.«

Ich habe einen Vorsprung vor Ihnen. Das müsste ich Ihnen sagen. Zuallererst. Vor allem. Diesen Vorsprung.

Stattdessen nähere ich mich Ihnen und lese Ihnen den Anfang des Textes auf der vierten Umschlagseite vor.

»Plutarch erzählt, dass von den siebentausend Athenern, die während der Sizilienkriege gefangen genommen wurden, diejenigen, die ihren Siegern ein paar Verse von Euripides rezitieren konnten, der Zwangsarbeit und damit dem Tod entkamen.«

Ich sehe Sie an.

»Wer ist Euripides?«

Dann schweige ich.

Schweigen. Zwischen uns. Im Raum.

Sie kauen einen Augenblick auf Ihrem Bleistift herum.

Dann nehmen Sie mir das Buch aus den Händen und blättern darin, zünden sich eine Zigarette an.

Sie sehen mich an.

Wie lange, weiß ich nicht.

Ich wünschte, dieser Blick würde niemals aufhören. Uns gefangen nehmen, uns bewachen und uns beide begraben.

Sie geben mir das Buch zurück.

»Nur in Theben gebären sterbliche Frauen unsterbliche Götter.«

»Wie bitte?«

»Euripides. Griechischer Dichter. 405 v. Chr. Aus den *Bacchantinnen*.«

Sie stehen auf, um weiter weg von der Katze zu rauchen.

»Ich freue mich, dass es Ihnen gefallen hat. Aber lesen genügt nicht. Sie müssten auch die Bilder sehen.«

Sie suchen in den Regalen.

»Lesen Sie Italienisch?«

»Nein.«

Hinten ein Regal etwas abseits. Bücher auf Französisch.

»Hier, nehmen Sie das, Duras, *Un Barrage contre le Pacifique* (Heiße Küste), das müsste Ihnen gefallen.«

Trevors Leidenschaft war die Automechanik. Er hat mir beigebracht, die Kerzen zu wechseln, die Räder, einen Wagen ohne Schlüssel zu starten. Ich weiß jetzt, wie man das macht. Den Wagen kurzschließen.

Ich sage es Ihnen. Sie müssen lächeln.

»Hier ist es, das Kurzschließen von Wagen …«

Er hat mir auch andere Dinge beigebracht. Wie man einen Orgasmus bekommt, ohne sich zu berühren. Indem man sich einfach nur anschaut. Eines Tages, im Restaurant, einander gegenübersitzend, zwischen Dessert und Kaffee.

»Und Ihre Katze«, frage ich, »haben Sie sie schon lange?«

»Lulio? Seit drei Jahren.«

»Ich hatte früher auch eine Katze.«

Sie kehren zum Fenster zurück. Mit Ihrem Finger bewegen Sie die Fäden des Hampelmanns.

»Sie sagen früher, als seien Sie tausend Jahre alt.«

Das Schweigen stört Sie nicht. Es ist in Ihnen. Es quillt aus Ihnen heraus.

»Wie viel bin ich Ihnen schuldig?«, frage ich und deute auf die Duras.

»Bezahlen Sie es mir, wenn Sie es gelesen haben. Und nur, wenn es Ihnen gefallen hat. Andernfalls hätte ich mich geirrt. Aber ich irre mich nie.«

Sie betrachten Ihre Katze.

Und dann mich.

»Wenn Sie wollen, kann ich Ihnen seine Bilder zeigen. Sind Sie Dienstag noch hier?«

Hier sind die Mauern das Wasser gewohnt. Sie tragen seine Spuren, und die Spuren überlagern sich. Moos breitet sich aus. Auf den Stufen. Rost auf den Gitterstäben der Fenster. Überall ist der Stein davon durchdrungen. Unübersehbar.

Sechzehn Uhr. Ich steige die Stufen hinauf und lasse das Wasser hinter mir zurück.

Der Salon ist leer. Ich der Küche brennt Licht, der Fernseher läuft.

Luigi sitzt am Tisch vor seinem Schiffsmodell.

Im Eingang riecht es nach *Seccotine*, einem dickflüssigen braunen Klebstoff, den er benutzt, um seine Streichhölzer aufzukleben.

Als er mich sieht, winkt er mir.

»Kommen Sie ruhig herein!«

Luigis ganzes Leben ist hier, in seiner Küche, aufgetürmt, Teller, Rechnungen, Zeitungen, Wäsche, die trocknet. Über der Spüle auf einem Regalbrett eine Zahnbürste und ein Rasierer.

»Ich bin fast fertig«, sagt er und deutet auf den Dreimaster. »Es fehlen nur noch das Ruder und der Fahnenmast.«

Ich nähere mich.

An der Kühlschranktür Fotos, mit Magneten befestigt.

»Ist das Ihre Tochter?«, frage ich.

Er folgt meinem Blick. Nickt. Mit den Fingern lässt er

ein Streichholz in eine Kerbe gleiten und schiebt mit einer Stricknadel nach.

»Wo ist sie?«

»In Turin.«

»Kommt sie? Ich meine, zu Weihnachten?«

»Mhmm ... Sie muss.«

Er nimmt seine Brille ab.

»Dieser Dreimaster ist für den Kleinen, er ist fünf. Die Burg dort oben ist für den Großen.«

Ich blicke hoch, um sie zu sehen.

»Ist Turin schöner als Venedig?«

»Größer. Es gibt Supermärkte, Kinos, Autobahnen. Und Aufzüge, um die Wasserkisten in die Wohnungen hinaufzubringen.«

Ich bezahle meine Woche, ein Umschlag, den ich auf das Büfett lege.

Dann nehme ich meine Pantoffeln aus dem Karton und begebe mich auf mein Zimmer.

Ich lege mich einen Augenblick hin. Das Badewasser läuft gelb, fast rot ein. Das kommt vom Regenwasser, das wieder hochsteigt. Luigi hat es mir erklärt, selbst in der Spüle, wenn er abwäscht.

Ich weiß nicht, ob es in der Lagune Fische gibt. Es muss welche geben. Ich habe Jungs angeln sehen. Wegen der Umweltverschmutzung ist es verboten. Die Carabinieri führen zwar Kontrollen durch, aber die Jungs rennen schneller.

Die Fische haben Schmerzen, wenn sie am Maul angerissen werden, noch mehr leiden sie aber, wenn sie den Angelhaken schlucken. Die Wissenschaftler haben den Schmerz der Fische erforscht, auch den der Wale, wenn sie harpuniert werden.

Niemand hat je den Schmerz der Menschen erforscht, wenn sie am Bauch aufgerissen werden. Dieses Gefühl des Brennens, des sich Leerens, während man doch noch am Leben bleibt.

Tauben nisten in den Mauerlöchern auf der anderen Seite des Fensters. Sie rutschen. Ich höre sie, weil ihre Krallen quietschen, wenn sie sich an den Rohren festkrallen.

Carla und Valentino kommen zurück. Sie nutzen den Regen, um unter die Laken zu schlüpfen. In der Pension sind keine anderen Geräusche zu hören. Nur die Geräusche ihrer Liebe.

Ich presse mein Ohr an die Wand, frage mich, ob Luigi ihnen manchmal zuhört.

Ich frage mich auch, ob man uns je gehört hat. Trevor und mich.

Der Fürst hat seinen Rollstuhl so nah wie möglich ans Fenster gefahren und betrachtet den Kanal mit seinem Fernglas. Das Radio läuft. Musik. Klassische.

Als ich eintrete, dreht er sich um.

»Das ist gut, Sie sind pünktlich heute, sogar zu früh! Wollen Sie mal sehen?«, fragt er mich und reicht mir das Fernglas.

Ich nähere mich.

»Was gibt es da zu sehen?«

»Na, das Leben!«

Er beugt sich vor.

»Die Tür dort, sehen Sie sie? Jeden Montag macht ein Mann an dem Pflock davor sein Boot fest. Er ist der Liebhaber der Dame von gegenüber, das Fenster mit den roten Vorhängen. Er glaubt, dass man ihn nicht sieht. Jeden Montag um vier. Und heute ist Montag. Er wird gleich kommen. Wenn Sie ein wenig warten, werden Sie ihn sehen. Haben Sie schon die Treppe des Bovolo besichtigt?«

»Nein.«

»Das müssen Sie unbedingt. Es ist eine herrliche Treppe, man sieht sie vom Campanile aus. Der Besitzer hatte eine Geliebte. Er hat die Treppe bauen lassen, um unbemerkt zu ihr gelangen zu können. Venedig ist ein großes Dorf, es bleibt nichts verborgen. Das ist der Beweis, man spricht noch immer davon.«

Der Fürst nimmt wieder seinen Platz neben der Lampe ein. Neben ihm steht ein Teller. Darauf Krümel.

Er folgt meinem Blick.

»Honigkuchen, zerdrückt in Milch, ich füge ein bisschen Wodka hinzu. Köstlich!«

Er verstaut das Fernglas im Etui.

»Aus meinem Zimmer ist der Blick trotzdem erheblich interessanter, eines Tages werde ich es Ihnen zeigen.«

»Ihr Zimmer? Ich dachte, niemand dürfe es betreten?«

Der Fürst neigt den Kopf zur Seite.

»In der Tat. Sie haben recht.«

Plötzlich erhellt sich sein Gesicht. Er rollt zum Radio. Stellt es lauter.

»Die Callas. Sagt der Name Ihnen was?«

»Nein.«

»Sie haben Glück, Sie werden sie kennenlernen. Setzen Sie sich auf das Sofa! Ja! Beeilen Sie sich, es fängt gleich an! Und jetzt schließen Sie die Augen und hören Sie zu. Das Paradies senkt sich auf Sie herab.«

Das Paradies.

Oder die Finger Gottes.

Ich höre zu. Zerstreut. Zwischen meinen Wimpern sehe ich den Fürsten. Den Kopf an der Rückenlehne. Sanft gewiegt. Wie fortgetragen von der Musik. Als das Stück zu Ende ist, strahlt er.

»Und, wie hat es Ihnen gefallen?«

»Sehr gut«, sage ich.

»Wie, sehr gut?«

Er dreht sich in seinem Rollstuhl. Mehrmals.

»Es liegt am Radio. Der Klang ist nicht sehr gut. Sie müssen sie aus der Anlage hören. An einem der nächsten Abende machen wir das, nicht wahr? Ach übrigens, Ihr Freund, der Buchhändler, mag er Musik?«

»Ich weiß nicht.«

»Haben Sie ihn nicht gefragt?«

»Nein.«

Der Fürst dreht seine Räder.

»Sie müssen ihn fragen, es ist wichtig, solche Dinge zu wissen!«

Er durchquert den Salon, rollt zur Tür seines Zimmers.

»Und die Liebe, Sie sprechen niemals von der Liebe, warum?«

Seine Stimme dringt wie Donnergrollen aus dem Flur zu mir.

»Es gibt immer etwas dazu zu sagen, vorausgesetzt, man gibt sich Mühe!«

Er kommt mit einem Füller und einem Heft zurück, schreibt mit der linken Hand etwas hinein, eine vollständig nach links geneigte Schrift. Kaum zu lesen.

Er reißt die Seite heraus und reicht sie mir.

»Ich suche dieses Buch, *Degl'istorici delle cose Veneziane, 1722*, von Michele Foscarini. Gehen Sie zu Manzoni. Wenn er es hat, kaufen Sie es, wenn nicht, soll er es besorgen, er ist es gewohnt.«

Er blickt auf seine Uhr.

»Sie haben genug Zeit.«

Draußen ist es fast dunkel. Man erkennt kaum noch die Mauern des Palazzos gegenüber.

»Ich werde morgen zu ihm gehen.«

»Morgen? … Ich bitte Sie, gehen Sie jetzt gleich!«

Ich nehme den Zettel und stecke ihn in meine Tasche.

»Glauben Sie, man kann den Leuten einfach so Befehle erteilen?«

Er zieht überrascht die Augenbrauen hoch.

»Aber … ich verstehe Sie nicht.«

Im Treppenhaus ist es dunkel. Es gibt keinen Schalter. Ich taste mich an der Wand entlang. Orientiere mich am Teppich auf den Stufen.

In den Näpfen für die Katzen befindet sich Futter. Hinter der Tür der Kanal, das Plätschern, ein Boot. Ich höre das Geräusch der Ruder. Das Wasser dringt unter der Tür herein, zerfrisst den Anstrich, lässt das Holz verfaulen. Ich habe keine Lust weiterzugehen, setze mich in den Eingang, auf die ehemalige Bank des Gondoliere. Ich schließe die Augen.

Als ich wieder hinaufgehe, habe ich eiskalte Füße. Der Fürst sitzt vor dem Fernseher. Er poliert die Knöpfe seiner Jacke. Jeden Tag macht er das mit einem kleinen Lappen, den er in seiner Tasche aufbewahrt.

Er blickt auf seine Uhr.

»Sie sind aber schnell zurück.«

Dann auf meine Hände.

»Er hat es nicht?«

»Nein, er muss es bestellen.«

Der Fürst deutet mit dem Finger auf den Bildschirm, zwei Schachspieler.

»Es ist das Halbfinale. Spielen Sie?«

Er rollt zum Schrank und holt ein Schachbrett heraus. Lackierte Holzfiguren, ein florentinisches Spiel.

»Das Spiel ist die Grundlage von allem. Heute Abend fangen wir an, wenn Sie wollen.«

Wir warten nicht bis zum Abend. Wir fangen sofort an, er die Schwarzen, ich die Weißen.

Der Fürst spielt gut.

Ich auch. Ich habe es auf dem Gymnasium gelernt.

»Übrigens, ich habe Ihren Buchhändler angerufen.«

Er sagt das mitten in der Partie, zwischen zwei Zügen, ohne mich anzusehen.

»Unmittelbar bevor Sie zurückkamen. Ich war mir wegen des Titels nicht sicher.«

Ich spüre, wie ich puterrot werde.

Er hebt seinen Turm hoch, bewegt ihn langsam, A6, A8, und stellt ihn wieder hin. Ich bin am Zug, bewege meine Dame. Zu spät. Mit dem nächsten Zug verliere ich sie.

»Sie machen Fehler«, sagt er.

Er legt seine Hände aneinander und reibt sie.

»C5.«

»Was, C5?«

Er lehnt sich in seinem Rollstuhl zurück, beide Hände flach auf seinem Bauch.

»Mein Läufer! Sie sind schachmatt.«

Und er lacht laut auf.

Ich warte auf einer Bank in einer Kirche ganz in Ihrer Nähe.

Eine Gemeindekirche. Dunkle Mauern, ein verfallener Altar. Ein Geruch von nassem Schlamm steigt von den Bodenplatten auf. Ich stelle meine Füße auf die Bank und betrachte den gekreuzigten Jesus.

Als es sechs Uhr schlägt, gehe ich hinaus.

Sie wirken überrascht.

»Es ist Dienstag«, sage ich.

Sie haben es vergessen.

Auf dem Schreibtisch liegen Umschläge mit Adressen und Briefmarken.

»Ich kann wieder gehen, wenn Sie keine Zeit haben.«

»Das ist nicht das Problem«, sagen Sie.

Ist es doch, das ist offensichtlich.

Sie stehen auf, werfen einen Blick auf die Unordnung auf dem Tisch und nehmen Ihre Jacke. Bevor Sie hinausgehen, schalten Sie die Deckenlampe aus.

Da ist noch die Schreibtischlampe. Die Katze Lulio zwischen den Büchern, ihre sanften Augen, die uns anstarren.

Wir gehen durch die Straßen Venedigs. Wenn die Gässchen zu eng sind, gehen Sie voraus. Sie tragen Stiefeletten aus Wildleder, die an der Seite mit einer Schnalle geschlossen werden. Ich weiß nicht, wohin Sie mich führen werden.

Ich denke nicht daran, Sie zu fragen. Plötzlich bleiben Sie stehen.

»Wollen Sie nicht wissen, wohin wir gehen?«

Sie werden langsamer, jetzt gehen wir wieder nebeneinander. Wir kommen auf einen großen Platz. Den Campo San Stefano.

»Im Sommer ist es hier schwarz von Menschen. Da kommt man besser nicht her.«

»Und wohin kann man im Sommer gehen?«, frage ich.

»Nirgendwohin. Man sollte Bücher kaufen und zu Hause bleiben.«

Zu unserer Linken ist eine enge Gasse, am Ende eine Brücke und hinter der Brücke weitere Gässchen, die in die Stadt führen.

»Dort ist es. Die Galerie unmittelbar vor der Brücke.«

Sie drücken die Tür auf.

»Mušič stellt auch in Genf aus, aber Genf ist weit weg.«

Ein Bild steht im Schaufenster, zwei weitere hängen drinnen, außerdem ein paar Radierungen und Zeichnungen.

Sie sagen, dass man sie langsam anschauen, von einem Bild zum anderen gehen und sie dann ein zweites Mal ansehen muss.

Dass man beim ersten Mal nicht alles sieht.

Sie sagen, Sie kämen oft her. Diese Zeichnungen seien ein Teil von Ihnen.

Sie bleiben stehen, schauen sich jedes Bild mit unendlicher Aufmerksamkeit an. Erst aus der Ferne, dann treten Sie heran, um es aus der Nähe zu betrachten. Den Pinselstrich. Den Bleistiftstrich. Manchmal den Kohlestrich.

Ansichten von Venedig, die Zattere mit den Kränen, die mit Zement beladenen Barken und ganz hinten, verschwommen im Nebel, die Insel La Giudecca.

Ein weiteres Bild, Venedig, die Innenstadt. Ein Durchgang. Dahinter das Gesicht einer Frau. Mit Ihrem Finger streifen Sie leicht über ihr Gesicht. Das rote Haar.

»Das ist seine Frau, Ida. Er hat sie häufig gemalt.«

Dalmatinische Landschaften.

Neben der Tür eine Zeichnung. Kleine weiße Esel vor Hügeln.

»Das ist hübsch«, sage ich.

»Sagen Sie nicht *hübsch*.«

Ich senke den Kopf. Sie müssen lächeln.

So ist es am Anfang, Sie und ich, wenige Worte und Ihr Lächeln.

Weiter hinten ein paar Aquarelle.

Wir gehen in den letzten Raum. Ein Schild: »Wir sind nicht die Letzten.«

»Das ist eine Serie. Nach Dachau, man muss es verstehen…«

Wegen der Brutalität, der nackten Körper, übereinandergetürmt, in grauen, fast schwarzen Tönen. Körper ohne Fleisch, zusammengekauert, mit endlos langen Gliedmaßen.

Gefolterte Körper.

Eine Radierung, eine zweite.

»Er zeichnete auf Papierfetzen, die er in seinen Taschen aufbewahrte oder in seinen Socken versteckte.«

Sie nähern Ihre Hand.

»Die Gestapo hat ihn hier in Venedig verhaftet.«

Sie erklären es mir.

»Die Leichen konnte er nicht sofort malen. Das kam erst später, viel später. Er hatte es bereits verarbeitet.«

Sie sehen mich an.

»Manchmal können Wörter nichts mehr erklären. Es bleibt nur die Malerei. Aber heute ist es schwierig geworden zu malen. Es sind so viele Dinge getan worden.«

Ich suche nach einer Antwort, finde keine. Ich bin fassungslos. Wir sind wieder draußen, es ist dunkel. Die Läden schließen.

Wir gehen den ganzen Weg in umgekehrter Richtung zurück.

Als wir wieder zu Ihnen kommen, gehen wir langsamer, aber es ist zu spät. Ich blicke hoch. Sie ebenfalls.

In der Wohnung über dem Laden brennt Licht.

»Ich würde Sie gern zum Abendessen einladen«, sagen Sie und blicken zum Licht hinauf.

Und Sie breiten die Hände aus.

Der Köder steckt in meinem Hals. Hakt sich fest. Reißt entzwei.

Ich sage, das sei nicht schlimm, es sei alles in Ordnung.

Ein Fürst warte auf mich.

»Ein Fürst?«

»Ein Russe«, sage ich.

Sie müssen lachen.

»Seit der Revolution gibt es keine Fürsten mehr.«

Ich finde den Zettel in meiner Tasche.

»Er ist Lehrer. Er sucht ein Buch.«

Ich zeige Ihnen den Zettel.

»*Degl'istorici delle cose Veneziane* ... Ich weiß, er hat mich gestern angerufen.«

Sie stecken den Schlüssel ins Schloss und drehen ihn herum. Er knackt in der Stille. Sie blicken zu Boden zwischen Ihre Füße.

»Wenn Sie wollen, kann ich Ihnen das Viertel zeigen, in dem *er* wohnt. Es ist nicht sehr weit, auf der anderen Seite des Kanals, in der Nähe der Salute.«

Sie sehen mich an. Selbst Trevor hat mich nie so angesehen.

»Mittwoch, sind Sie dann noch da? Am frühen Nachmittag, auf der Brücke der Accademia. Sagen wir vierzehn Uhr?«

Sie geben mir den Zettel zurück.

»Ich werde Ihnen das Buch mitbringen.«

Ich kehre im Laufschritt zur Pension zurück. Trotzdem komme ich zu spät. Der Fürst sitzt bereits zu Tisch.

»Entschuldigen Sie«, sage ich und werfe meinen Mantel auf die Bank.

Er liest. Mit einer Hand hält er das Buch offen. Mit der anderen spießt er von seinem Teller kleine Käsewürfel auf.

»Ich bin auf den Zattere spazieren gegangen. Ich wollte den Mann mit dem Hund wiedersehen, der mir von der *Belem* erzählt hat, aber er war nicht da. Ich werde morgen noch mal hingehen. Und an den folgenden Tagen, bis ich ihn wiedersehe. Aber vielleicht ist der Hund gestorben. Oder er. In Venedig wird auch gestorben.«

Die Lasagne steht noch auf dem Tisch. Ich tue mir auf. Sie ist noch heiß.

»Neulich habe ich einen Sarg auf einem Boot aus Mahagoni gesehen. Vielleicht lag er darin.«

Es gibt keinen Wein. Nur Wasser.

»Ich habe mich von einem Mann ansprechen lassen, einem Afrikaner, er hat Taschen verkauft. Ich habe keine Tasche gebraucht und habe einen Gürtel gekauft. Schauen Sie!«

Ich hole ihn aus dem Paket und reiche ihn ihm über den Tisch hinweg. Er blickt kaum auf.

»Er wird nicht schließen.«

»Wieso?«

»Die Schnalle ist verkehrt herum angebracht, Sie werden ihn nicht verwenden können.«

Ich versuche es.

»Und?«, fragt er.

Ich stecke den Gürtel wieder in meine Tasche.

»Nichts, ich werde ihn finden und mir das Geld wiedergeben lassen.«

Der Fürst zuckt die Achseln.

Die Lasagne ist gut. Nicht köstlich, aber gut.

Ich stelle eine kleine Plastikflasche auf den Tisch.

»Das ist Schokolade. Aus dem Florian.«

Ich zeige sie ihm. Im Gegenlicht wirkt die braune Flüssigkeit leicht eklig.

»Sie ist kalt geworden, aber Sie werden sehen…«, sage ich und reiche ihm die Flasche.

Der Fürst schließt sein Buch.

»Wie haben Sie die bekommen?«

»Ich habe zwei bestellt. Meine habe ich getrunken, und Ihre habe ich mit einem kleinen Trichter umgefüllt.«

Ich hole den Trichter aus meiner Tasche.

»Haben Sie das unter dem Chinesen gemacht?«

»Ja.«

Der Fürst dreht die Flasche in den Fingern hin und her.

»Jetzt kann ich sie nicht trinken, aber morgen früh. Glauben Sie, dass es bis morgen warten kann? Wir werden Luigi bitten, sie in seinem Kühlschrank für uns aufzuheben.«

Die Lasagne ist jetzt kalt. Ich habe Hunger. Ich esse sie trotzdem.

Der Fürst schiebt sein Buch ganz ans Ende des Tisches.

»Und, Venedig?«

»Es ist voller Mauern, Türen, Gitter …«

Ich schneide mir eine Portion von dem Käse ab.

»Was ist hinter den Mauern?«

»Keine Ahnung … Gärten, verlassene Palazzi. Wie hier.«

»Und gibt es Vögel?«

»Vögel? Tauben, ja, aber es ist, als wären alle Vögel fortgezogen. Oder tot. Dino sagt, die Venezianer würden die Stadt verlassen. Vielleicht tun die Vögel das auch.«

»Dino?«

»Dino Manzoni, der Buchhändler.«

Der Fürst faltet seine Serviette zweimal zusammen und rollt sie mit der flachen Hand. Dann steckt er sie in den Holzring.

»Sie haben ihn wiedergesehen?«

»Wir haben uns Bilder von Mušič in einer Galerie in der Nähe von San Stefano angesehen.«

Ich nehme mir noch etwas Käse. Ein Stückchen für den Rest meines Brotes.

»Und was sagen Sie dazu?«

»Zu der Ausstellung? Ich verstehe nicht, warum er das gemalt hat … Das Malen ändert nichts daran, dass die Sache existiert hat.«

»Die Sache?«

»Die Lager.«

»Vermutlich nicht …«

Es folgt eine lange Pause.

»Ein Gast, der vor Ihnen hier gewohnt hat, hat mir erzählt, dass die alten Gondolieri früher auf den Kanälen durch die Stadt fuhren und dann an den Mauern des Friedhofs vorbei geradewegs aufs offene Meer ruderten. Am Abend wartete man auf sie. Dann wurde es Nacht. Und der Standort der Gondeln blieb leer.«

Der Fürst sieht mich an.

»Es gibt so viele Arten zu sterben... Und nur wenige haben genügend Talent, um davon Zeugnis abzulegen. Mušič ist einer von ihnen.«

»Wo liegt Dalmatien?«, frage ich.

»Dalmatien? In Kroatien an der Adria. Warum?«

»Mušič hat Landschaften von dort gemalt, mit kleinen Eseln. Diese Bilder gefallen mir.«

Ich sehe den Fürsten an.

»Deswegen habe ich mich ein bisschen verspätet.«

Der Fürst greift nach seinem Buch, klemmt es zwischen seine Schenkel.

»Man verspätet sich nicht *ein bisschen*. Man verspätet sich, oder man verspätet sich nicht.«

Er dreht seinen Rollstuhl.

»Und außerdem lügen Sie. Sie lügen ununterbrochen. Und Sie lügen schlecht. Sie sind nie bei Manzoni gewesen, Sie haben unten gewartet, auf der Bank der Gondolieri. Neben den Fressnäpfen für die Katzen.«

Er rollt durch den Salon.

»Diese Näpfe übertragen Krankheiten.«

Ich höre, wie er die Tür seines Zimmers öffnet und schließt. Dann nichts mehr. Stille.

Luigi räumt den Tisch ab und bringt alles in die Küche. Er stellt eine Schale Obstsalat aus der Dose vor mich hin.

»Machen Sie sich nichts daraus«, sagt er, »von Zeit zu Zeit hat er solche Anfälle.«

Ich mache mir nichts daraus.

Ich beende meine Mahlzeit allein. Die Früchte schmecken nach Dose. Leicht bitter. Der Keks ist weich, er hat die Feuchtigkeit des Wandschranks angenommen.

Ich esse ihn trotzdem.

Es gibt solche Abende.

Campo Santi Giovanni e Paolo. Ich sehe von weitem Carla, die auf der Terrasse der Trattoria sitzt. Ein Tisch an der Wand, in der Sonne, windgeschützt.

Sie winkt mir lebhaft zu.

»Valentino ist beim Joggen«, sagt sie, um mir den leeren Platz neben sich zu erklären.

Sie steht auf.

»Wir duzen uns, nicht wahr?«

Sie küsst mich. Ihr Haar ist mit farbigen Schnüren geflochten. Es sieht aus wie ein Helm auf ihrem Schädel.

»Trägst du es nie offen?«, frage ich.

»Nachts manchmal. Es ist mühsam.«

Sie setzt sich wieder.

»Aber irgendwann werde ich es abschneiden.«

Sie ist jung, kaum fünfundzwanzig.

Die Haut ihrer Lider ist zart, blau schimmernd, wie bei den Augen ganz kleiner Kinder.

Auf ihrem Teller die Reste eines Salats mit Muscheln und Tintenfischringen.

»Weißt du, dass die Augen das Einzige am menschlichen Körper sind, das von der Geburt bis zum Tod nicht wächst?«

Sie schüttelt den Kopf.

»Das wusste ich nicht.«

Mit der Spitze ihres Messers spießt sie eine Olive auf und bewegt sie auf ihrem Teller hin und her.

»Ich bin Balletttänzerin in Rom. Zeitgenössischer Tanz. Im Januar gehen wir auf Tournee. Wir werden in Paris auftreten. Wenn es dich interessiert, kann ich dir Karten geben.«

Sie erzählt mir von ihrem Leben, von der Wohnung, die sie zwei Straßen vom Kolosseum entfernt gemietet hat.

Vor uns mitten auf dem Platz beginnt ein Gaukler eine Nummer mit Holzstücken, die er auf seinem Kopf balanciert. Der Mann ist alt. Die Stöcke fallen herunter, und er beginnt von vorn.

Die Leute sehen ihm zu, diejenigen, die Mitleid haben, geben ihm Geld, ein paar Münzen, die sie in eine Dose werfen.

Die anderen setzen ihren Weg fort.

Carla schiebt die Ärmel hoch und öffnet einen Knopf ihrer Bluse.

»Wir haben Glück«, sagt sie, »es ist ein sehr milder Winter.«

Sie beobachtet den alten Clown mit seinem verrückten Hut. Die Hartnäckigkeit, mit der er versucht, seine Stöcke zu balancieren.

»Soll ich dir was sagen? Ich langweile mich. Und ich schäme mich, dass ich mich in einer solchen Stadt langweile. Es ist die schönste Stadt der Welt, und doch langweile ich mich.«

Sie wiederholt es mehrmals.

»Alles zerbröckelt, sogar der Stein ist brüchig. Und ich hasse Beerdigungen. Hier gibt es nichts anderes, Hochzeiten sind sehr selten, ist dir das aufgefallen?«

Sie dreht sich zu mir.

»Im Grunde langweile ich mich nur dann nicht, wenn ich tanze.«

»Und mit Valentino?«

Ein leichtes trauriges Lächeln huscht über ihre Lippen.

»Auch mit Valentino langweile ich mich manchmal.«

Der Gaukler kommt auf sie zu. Er reicht ihr die Hand, und sie steht auf. Still. Das Gesicht heiter. Er legt einen ersten Stock auf ihre Schulter. Vorsichtig. Dann einen zweiten auf ihre flache Hand und so weiter, auf den Kopf, auf ihre Fingerspitzen.

Er tut das, weil sie schön ist und weil ihre Schönheit die Passanten anzieht.

Auf dem Platz stehen etwa zwanzig Leute und schauen zu.

Die Stöcke fallen hinunter. Carla bewegt sich nicht. Nur ihre Lippen.

»Du hast mir nicht geantwortet, findest du Venedig schön?«

Jetzt tanzen die Stöcke um sie herum, Schatten auf ihrem Gesicht.

»Ich habe jemanden kennengelernt«, sage ich. »Ich würde gern etwas mit ihm anfangen.«

Vierzehn Uhr, auf der Brücke der Accademia. Sie kommen zu Fuß von San Stefano her. Sie tragen eine Lederjacke, die Ihnen irgendwie das Aussehen eines Motorradfahrers verleiht.

Sie kommen die Stufen herauf.

»Ich hatte Angst, Sie wären nicht da. Ich hätte mich im Tag geirrt oder in der Zeit, das passiert mir manchmal, wissen Sie.«

Sie stützen sich mit den Ellbogen auf das Brückengeländer. Ich stütze mich ebenfalls auf, neben Ihnen. Das Wasser ist an dieser Stelle der Lagune hellgrün, mit Rostflecken an den Bootsanlegern, dort, wo sich die Algen festgesetzt haben.

Mit dem Frühling wird das Wasser braun werden, ein paar Grad mehr reichen schon.

Die Sonne lässt die Lagune, das Schwarz der Gondeln, die Kuppel der Kirche Santa Maria della Salute in der Ferne erglänzen. Ringsherum die Palazzi, das verwaschene Rosa und der Putz in dunklem Ocker, die Fassaden sind fast gelb.

»Die schönste Jahreszeit für Venedig ist der Winter, wegen des Lichts. Schauen Sie, wie es vibriert in dem Marmor und auf den Fresken. Wenn Sie Glück haben, werden Sie den Schnee sehen.«

Sie drehen sich zu mir:

»Aber wenn Sie den Schnee sehen, dann können Sie nicht mehr weg.«

Ein schwerer flacher Kahn kommt den Canal hinauf, beladen mit Wein, mit Kisten. Am Bug steht ein schwarzer Hund, hält die Schnauze in den Wind.

Sie zünden sich eine Zigarette an.

Mit Ihrer Hand streichen Sie über das schmierige Holz der Brücke.

»Sprechen Sie immer so viel?«

Sie sagen das, ohne zu lachen. Als sei es wichtig. Ob ich spreche oder nicht.

Wir wechseln die Seite.

Auf der Seite der Salute liegen die Palazzi aneinandergereiht, ganz hinten schimmert das weiße Licht, die Öffnung auf die Lagune. Sie zeigen mir in der Biegung des Canal eine helle, fast graue Fassade mit Rosetten auf jeder Etage.

»Die Ca' Dario. Als Kind spielte ich immer im Hof. Es gibt einen Durchgang. Und da ist der Palazzo Barbarigo.«

Sie deuten mit dem Finger auf ein Haus ganz in der Nähe.

»Das erste Mosaik stellt Karl V. im Atelier von Tizian dar, der andere ist Heinrich III. in Murano. Die Touristen wissen das nicht, aber es ist ein Fehler, die Fassaden mit Mosaiken zu schmücken. Es macht die Gebäude schwer, bringt sie dazu, vorn einzusinken. Das müsste nicht sein.«

Wir stehen noch immer auf der Brücke.

Sie drehen sich um.

»Da, in diesem Viertel, liegt das Fenice. Als es abbrannte, herrschte Panik. Danach liefen die Venezianer tagelang verstört mit kleinen Dosen in den Händen durch die Straße.

Sie kamen, um die Asche einzusammeln. Alle machten das. Und sie weinten. Man musste das Theater einzäunen, um ihnen den Zugang zu versperren.«

»Ich habe einmal einer Urnenbeisetzung im Panthéon beigewohnt. Die Asche dieser berühmten Leute, die man in Paris bestattet, haben Sie davon gehört?«

Sie sagen, ja, Sie haben davon gehört. Aber das sei eine andere Asche.

Sie würden sich wünschen, dass Ihre Asche nach Ihrem Tod auf der Insel Torcello verstreut wird.

»Torcello, das Venedig der Sümpfe, wenn Sie einmal etwas Zeit haben, müssen wir dorthin fahren.«

Ein Polizeiboot taucht auf, mit heulender Sirene, fährt unter der Brücke hindurch und verschwindet hinter uns in Richtung Rialto.

Die Sonne taucht den Canal, die Palazzi und die Öffnung auf die Lagune in helles Licht. Die Kugel oben auf der Salute.

Sie zeigen mir auf der Spitze die Allegorie der Fortuna.

»Ich könnte mich nicht an eine andere Stadt gewöhnen. Selbst wenn es andere Städte gibt. Und selbst wenn hier *acqua alta* herrscht.«

»Haben Sie je daran gedacht, Venedig zu verlassen?«

»Ein paar Mal hätte ich es fast getan. Aber ich konnte nicht. Jetzt ist es zu spät. Ich werde nicht mehr weggehen.«

Mit der Hand deuten Sie auf einen Palazzo, eine Fassade.

»Sehen Sie da, auf der Seite, die grünen Fensterläden? Dort wohnt er.«

Sie gehen neben mir. Mit selbstbewusstem Schritt. Als Venezianer. Manchmal streife ich mit der Hand den Ärmel Ihrer Jacke.

Wir sind jetzt hinter dem Palazzo, auf der Straßenseite, eine große grün gestrichene Tür. Dunkelgrün. Leuchtend.

»Hier ist es.«

Sie strecken die Hand aus, bis sie die Tür berührt.

»Meist ist *er* in Paris, aber manchmal ist *er* hier.«

Kleine goldene Klingeln in der Mauer.

Unter einer von ihnen zwei Initialen: Z. M.

Sie zeigen sie mir.

»Sehen Sie, da ist die Klingel.«

Sie wagen nicht, sich zu nähern. Und dann nähern Sie sich doch. Es ist stärker als Sie, dieses Bedürfnis, die Tür zu berühren.

Als sie sich öffnet, treten Sie zurück. Eine alte Frau kommt heraus. Mit einer Hand zieht sie einen Caddie, mit der anderen ein weißes Hündchen am Ende einer Leine. Sie trägt einen Kittel, Abfall in einem Sack. Sie achtet nicht auf uns.

Mit Ihrem Fuß blockieren Sie die Tür.

»Kommen Sie?«

Wir treten ein. Wir sind jetzt unter dem Palazzo. In einem tiefen Hof voller Statuen und Gipsblöcken mit großen Betonsäulen. Der Hof geht unter ihm hindurch bis zum Canal Grande. Von dort dringt Licht herein. Wir gehen weiter. Der Ort ist feucht. Die Stufen sind verwittert, mit Algen überzogen. Das Wasser dringt in die Spalten und zerfrisst den Stein. Unablässig, immer wenn ein Boot vorbeifährt.

Ein merkwürdiges Gefühl. Eine Gondel nähert sich. Weiter entfernt fährt ein mit Wäschepaketen beladener Kahn stromaufwärts.

»An den Tagen des *acqua alta* steht hier alles unter Wasser.«

Sie zeigen mir den Strich an der Mauer. Die Salzspuren.

»Bei Ebbe zieht sich das Wasser zurück, aber das Salz bleibt. Es zerfrisst den Stein immer weiter. Es ist eine Krankheit.«

Die Zeit vergeht.

Hier, unmerklich.

Kein Zeitempfinden mehr.

Die Zeit existiert nicht mehr.

Nur das Geräusch des Wassers.

Wir gehen zur Tür zurück. Rechts führt eine Treppe zu den Etagen hinauf.

Sie bleiben stehen, um die Treppe zu betrachten.

»Hier wohnt er?«, frage ich.

»Möglicherweise.«

»Wollen Sie hinaufgehen?«

Sie schütteln den Kopf.

Wir stehen wieder draußen, im Licht, auf der Straße. Dahinter die Brücke und nach der Brücke ein kleiner Platz mit ein paar Bäumen und Bänken.

Campo San Vio. Das Wasser vor uns ist grün, fast schwarz. Es schimmert beinahe wie Metall.

»Glauben Sie, dass es hier tief ist?«, frage ich.

»Warum? Wollen Sie tauchen? Wissen Sie, dass man ein Bad in der Lagune nicht überlebt?«

Wir gehen am Kai bis zur Kirche Santa Maria della Salute. Ein paar Passanten kommen uns entgegen, einige wenige Touristen sitzen auf den Stufen der Kirche in der Sonne.

Sie berühren mich am Arm.

»Wir gehen bis zur Punta della Dogana, und dann lade ich Sie zu einer *ombra* ein. Mit eingemachten Zwiebeln, einverstanden?«

Sie lächeln.

»Ich kenne einen Ort.«

Der Seezoll ist an der offenen See. Ein Bug wie der vordere Teil eines Schiffes. Die vorderste Spitze des Dorsoduro. Hier trifft sich das Wasser des Canal Grande mit dem, das von der Giudecca kommt.

Ein Strömungsgebiet. Ein Ort der Einsamkeit.

Wir nähern uns. Die Wellen schlagen gegen die Mauer. Der Wind peitscht uns mit Tropfen eiskalten Lagunenwassers. Wir schließen unsere Jacken und stellen die Krägen auf. Da das nicht ausreicht, suchen wir hinter den Säulen Schutz.

»Früher wurden alle Waren, die in Venedig ankamen, hier gelöscht. An diesem Platz haben Viermaster mit Laderäumen voller Stoffe, Gewürze, Baumwolle angelegt.«

Während Sie das sagen, deuten Sie mit Ihrer Hand auf das offene Meer.

»Wegen der Piraten fuhren die Schiffe in Konvois hinaus. Diejenigen, die zurückfielen, waren verloren.«

Ich sehe Sie an.

Aus welcher Zeit sind Sie?

Ich drücke mich so nah wie möglich an Sie, in Ihren Schatten, in den Schatten der Säule.

Ich rieche Ihren Tabakgeruch, etwas Unbestimmtes, das von Ihrer Haut ausgeht. Von Ihren Lippen.

Ich habe mich bereits daran gewöhnt.

»Wohin fuhren die Schiffe?«

»Überallhin. Konstantinopel, Beirut, Zypern, und danach kamen sie zurück. Dort hinten, in der Ferne, liegt die Insel San Clemente. Ich habe Ihnen schon von ihr erzählt.«

»Die Insel der Verrückten?«

»Die Insel der Katzen.«

Sie müssen schreien wegen des plötzlichen Lärms der Wellen und des Windes.

Gegenüber, an den Pontons, festgezurrte Gondeln unter blauen Planen. Sie schwanken, bewegen sich auf und nieder und verschwinden schließlich in Wellentälern. Ein Vaporetto legt am Pier an. Weiter weg ist ein anderes zum Lido unterwegs.

Und noch immer dieses weiße Licht.

Wie auf einem Aquarell.

Sie sehen mich an.

»Ihre Lippen sind ganz blau.«

Ich versuche zu lächeln.

Eine tote Möwe treibt auf dem Wasser.

»Ich erzähle dem Fürsten alles, was ich sehe.«

»Warum tun Sie das?«

»Aus Gewohnheit.«

Sie lächeln.

»Dann werden Sie ihm also von mir erzählen.«

Wir kehren um, gehen den ganzen Weg zurück bis zum Campo San Vio.

Vor uns schiebt ein Lieferant einen Karren über die Brücke. Auf den Steigen Äpfel, Orangen, Birnen. Wir müssen auf der Brücke stehen bleiben, um ihn vorbeizulassen. Die Luft riecht nach Salz. Das Adriatische Meer ist nicht weit, gleich hinter dem Erdstreifen der Giudecca.

»Bei der nächsten Flut wird der Wind das Wasser des Adriatischen Meers hereindrücken, und alles wird in die Kanäle schwappen. Das ist das *acqua alta*.«

»Das Wasser des Adriatischen Meers …«

»Eine Frage von Tagen, sobald Vollmond ist. Man muss sich darauf gefasst machen, dass dann alles unter Wasser steht, die Straßen, aber auch die Häuser, die Geschäfte und sogar der Markusdom.«

»Sind Sie hier geboren?«, frage ich.

»Ja, im Viertel San Polo.«

»Und Sie haben immer inmitten Ihrer Bücher gelebt?«

»Das ist nicht das schlechteste Leben, wissen Sie … Außerdem bin ich eher wortkarg, die Gesellschaft der Bücher ist genau das Richtige für mich. Und was machen Sie in Frankreich?«

»Ich bin auch eher wortkarg.«

»Verkaufen Sie Bücher?«

»Nein … Ich bin ganz allein bei mir zu Hause wortkarg.«

»Es ist schade, dass Sie nicht Italienisch lesen, in meinem Laden würden Sie wunderbare Dinge entdecken.«

Mit einem Mal packen Sie mich am Arm.

»Bewegen Sie sich nicht …«

Ich drehe mich um und sehe sie. Da sind sie. Beide. Zoran und Ida. Sie gehen durch die Calle Venier. Nicht in Richtung Brücke, sondern zu ihrem Palazzo. Zu der grünen Tür.

Zoran geht langsam, den großen Körper auf einen Stock gestützt, eine blaue Schirmmütze auf dem Kopf. Ida ist dicht neben ihm, fast an ihn gedrückt, in ein weites Kleidungsstück gehüllt, eine Art Cape in warmen Farben. Sie gehen nebeneinander.

Ich erkenne sie.

Sie ist die rothaarige Frau auf den Bildern.

Ich verbringe den Rest des Tages in den Straßen Venedigs. Kurz bevor ich nach Hause komme, finde ich eine Jacke und eine Krawatte am Fenstergitter in einem überdachten Durchgang. Ich bringe sie dem Fürsten mit.

»Das habe ich gefunden, auf einem Bügel hängend. Ein Zettel war daran befestigt.«

Ich hole den Zettel aus der Tasche und gebe ihn ihm. *Giacca e cravatta. È un regalo chi vuole se le prende.* (Sakko und Krawatte. Das ist ein Geschenk. Bedienen Sie sich, wenn Sie wollen.)

Das Sakko ist nicht verschlissen. Die Krawatte ebenfalls nicht.

»Und wo haben Sie das gefunden?«

»Am Wasser, in der Nähe der Ca' d'Oro, an einer menschenleeren Stelle.«

Er dreht den Bügel in seinen Händen.

»Manchmal tun die Menschen so etwas. Sie deponieren irgendwo Kleidung, die sie nicht mehr wollen, und andere nehmen sie mit. Ich werde die hier behalten, aber wir müssen eine andere Jacke und eine andere Krawatte kaufen und alles wieder so dorthin zurückhängen, wie es war. Sie werden das tun, nicht wahr? Ich werde Ihnen Geld geben.«

Er rollt zu seinem Zimmer.

»Folgen Sie mir!«

Sein Zimmer. Ein leichter Geruch nach Nephtalin. Bücher, Zeitungen, ganze Stapel auf dem Boden, an den Wänden. Auf einem Stuhl steht ein Radio. Über dem Bett sind Papiere mit Heftzwecken befestigt, Heftseiten, Fotos.

Er reicht mir den Bügel.

»Nehmen Sie das Bild da ab, und hängen Sie das an die Stelle.«

Jetzt hängen die Jacke und die Krawatte an der Wand.

»Können Sie den Zettel wieder so dranmachen, wie er war? War es genau so? Mit Klebestreifen festgeklebt? Na dann, wunderbar.«

Er starrt auf die Stelle an der Wand.

»Jetzt fehlt nur noch die Lagune, aber ich denke, es ist unmöglich, die Lagune hier heraufzubringen.«

Er rollt zurück, um das Ergebnis zu beurteilen.

»Machen Sie Ihr Bett selbst?«, frage ich und setze mich auf den Rand.

»Wer sonst?«

Die Überdecke ist aus venezianischem Tuch, eine Art dünne Seide in graublauen Tönen. Sie fühlt sich sehr weich an. Am Kopfende drei mit demselben Stoff bezogene Kissen.

Der Fürst rollt zu mir. Er sieht mich aufmerksam an.

»Sie haben Ihren Buchhändler heute gesehen.«

Er neigt den Kopf leicht zur Seite.

»Ihre Augen«, sagt er. »Sie können kein Geheimnis für sich behalten.«

Er lächelt.

»Erzählen Sie.«

»Wir hatten uns auf der Brücke der Accademia verabredet.«

»Dem Ponte dell'Accademia! Dann haben Sie also die Ca' Dario gesehen? Hat er Ihnen erzählt, dass das ein verfluchter Palazzo ist? Die Besitzer sind alle gestorben, eines gewaltsamen Todes. Der letzte hat sich umgebracht. Woody Allen wollte ihn kaufen, doch selbst er hat Abstand davon genommen. Jetzt steht er leer.«

Der Fürst stopft seine Pfeife. Durch die Flamme erwärmt sich der Tabak. Der Geruch erfüllt den Raum.

»Wenn Sie auf der Brücke waren, müssen Sie das Museum von Peggy gesehen haben.«

»Peggy?«

»Peggy Guggenheim. Sie war eine Freundin meines Vaters, eine bedeutende Sammlerin. Ich habe sie gut gekannt, wissen Sie. Ihr Palazzo heißt Palazzo Venier dei Leoni, wegen der Löwen, angeblich soll es früher im Garten welche gegeben haben. Sie müssen hineingehen und ihn besichtigen. Sie sollten auch den Garten fotografieren und das Grab von Peggy, sie ist mit allen ihren Hunden dort begraben. Tun Sie es für mich, einverstanden? Macht es Ihnen was aus, das für mich zu tun?«

»Es macht mir nichts aus.«

Mit der flachen Hand streiche ich über die Bettdecke.

»Ich habe Mušič mit der rothaarigen Frau gesehen.«

Ich drehe mich um, betrachte die Fotos, zehn Aufnahmen, die mit Heftzwecken an der Wand befestigt sind. Ein Haus, ein Schloss, Landschaften. Eine Frau auf einer Chaiselongue vor etwas, das wie eine Allee aus Rosenstöcken aussieht.

»Es war am frühen Nachmittag. Sie kamen von den Zattere, sie müssen dort spazieren gegangen sein. Sie gingen nebeneinander.«

Ein Schwarz-Weiß-Foto, abseits von den anderen. Ein junges Mädchen. Sie trägt eine bestickte Schürze. Irgendetwas in den Händen. Ein Tablett vielleicht. Oder ein Brett. Es ist unscharf. Sie lächelt in die Kamera.

»Ein Lieferant hat die Brücke blockiert. Sie haben gewartet, bis er fort war, dann hat Ida einen Schlüssel aus ihrer Tasche geholt und die Tür geöffnet. Sie ist als Erste hineingegangen, er ist ihr gefolgt. Dann hat sich die Tür geschlossen, und wir haben sie nicht mehr gesehen.«

»Wo waren Sie?«

»Auf der Brücke. Mit ihm.«

»Und was hat er gesagt?«

»Nichts. Die Leute, die vorbeiwollten, sind uns ausgewichen, aber er hat sich nicht gerührt.«

Der Fürst sieht mich überrascht an.

»Er ist nicht zu ihm gegangen, um mit ihm zu sprechen?«

»Nein. Er ist die Stufen der Brücke hinuntergegangen, eine nach der anderen, und dann weiter bis zur Tür, das ist alles.«

»Und dann?«

»Dann wollten wir eine *ombra* trinken.«

»Sie haben es nicht gemacht?«

»Nein. Dino hat auf die Uhr geschaut und gesagt, es sei schon spät und wir müssten nach Hause gehen.«

»Und dann haben Sie sich getrennt?«

»Ich habe ihn bis zur Haltestelle des Vaporetto begleitet. Er ist eingestiegen, andere standen hinter ihm an, er musste sich durchdrängen, bis ganz nach hinten, zur Fahrerkabine. Dann ist das Vaporetto losgefahren. Es war sechzehn Uhr, die Glocken von Santa Maria della Salute haben zu läuten begonnen.«

Als ich am nächsten Morgen aufwache, ist heller Tag. Carla ist bereits im Salon, den linken Fuß hat sie auf den Rand des Tisches gelegt. Sie streckt ihren Körper, ihre Schenkel. Dann richtet sie sich auf. Jeden Morgen macht sie das. Manchmal setzt Valentino sich in einen Sessel und schaut ihr zu. Heute ist er nicht da. Ich bleibe in der Tür stehen. Carla schwitzt. Ihr Bodysuit klebt wie eine zweite Haut an ihr.

Als sie mich sieht, winkt sie mir und lässt sich auf den Boden gleiten.

»Einmal am Tag«, sagt sie und deutet auf ihren Spagat.

»Tut das weh?«

»Kaum.«

Sie steht auf und stellt sich auf die Spitzen.

»Wenn man auf der Bühne ist, vergisst man den Schmerz. Letztes Jahr habe ich ein ganzes Ballett mit verstauchtem Knöchel getanzt. Während des Tanzens habe ich nichts gespürt, aber hinterher dachte ich, ich müsste sterben.«

Sie macht ein paar Schritte, hüpfend, leichtfüßig.

Auf dem Sessel zwei kleine Kästen.

»Was ist das?«

»Meine Kisten. Um meinen Körper zu straffen. Ich klemme meine Füße hinein und bleibe so lang wie möglich drin.«

»Sie sind klein.«

»Das ist ja das Geheimnis. Das und der Heizkörper. Es gibt auch noch die Holzsohlen, aber die sind weniger effizient.«

Sie lächelt mir zu.

»In der Ballettsprache nennen wir das die Folter, aber es ist nicht das Schrecklichste.«

Sie fasst ihren Fuß mit der Hand und hebt ihn über den Kopf.

»Und was ist das Schrecklichste?«

Sie lacht laut auf.

»Alles Übrige!«

Ihr Bild erscheint in dem Spiegel hinten im Salon. Sie nimmt Schwung, ein paar kurze schnelle Schritte, und schwingt sich in die Luft. Ihre Füße schlagen aneinander. Mehrmals hintereinander lässt sie die Füße scherenartig aneinanderschlagen und zurückfallen.

»Ich tue das für ihn«, sagt sie und wischt sich die Stirn ab.

»Für ihn?«

»Für den Fürsten. Er verschlingt mich mit den Augen. Er liebt das. Er glaubt, ich bemerke es nicht!«

Sie lässt sich in einen der Sessel fallen und zieht ihre Ballettschuhe aus.

Sie massiert ihre Füße, einen nach dem anderen, von der Ferse bis zu den Zehen, wobei sie die Sohle besonders intensiv bearbeitet.

»Mit der Zeit fängt die Haut zu brennen an. Ich kühle sie mit einem Schnitzel. Roh, schön saftig. Ich schiebe es in meine Ballettschuhe.«

Sie setzt ihren Fuß ab und nimmt den anderen.

»Man muss nur einen guten Metzger finden«, sagt sie lachend.

Ich lache mit ihr.

Dann steht sie auf. Stellt sich gerade vor mich hin.

»Damit man richtig tanzen kann, muss das Bein verschoben sein. Deswegen deformiert man uns, wenn wir noch ganz jung sind. Bei Obduktionen erkennt man eine Tänzerin immer am Skelett.«

Ihre Füße sind blass, schmächtig, mit roten Malen, Narben. Der rechte wird von einer Velpobinde geschützt.

»Ich habe schon mit Blasen und aufgeplatzten Abszessen getanzt. Alles, was du hier siehst, sind meine Kriegsverletzungen.«

»Und du liebst das Tanzen?«

»Mehr als alles andere!«

»Mehr als Valentino?«

Sie macht eine Handbewegung. Ein zweifelndes Gesicht. Sie lacht erneut und deutet dann auf die Tür am Ende des Flurs.

»Ich bin sicher, dass der verrückte Alte dahinter lauert. Dass er uns belauscht.«

»Er ist kein Verrückter.«

»Er hat einen goldenen Skarabäus in einer seiner Schubladen. Abends holt er ihn heraus und spricht mit ihm. Deswegen will er nicht, dass Luigi sein Zimmer saugt.«

»Das glaube ich dir nicht.«

Carla zuckt die Achseln.

»Er empfängt Mädchen, glaubst du mir das auch nicht?«

»Ich kenne jemanden, der eine Meerkatze ebenso sehr wie sein Leben liebte. Als die Meerkatze starb, hat er sie auf ein Floß gelegt und auf das Meer hinaustreiben lassen.«

Ein verregneter Morgen. Das Fenster schließt nicht richtig. Aufgrund der Feuchtigkeit löst sich die Tapete.

Die Schreibtischlampe funktioniert nicht mehr. Sosehr ich sie auch in alle Richtungen drehe und an den Kabeln ziehe, es kommt einfach kein Licht.

Im Kamin liegt Holz. Zwei große Scheite und Reisig. Ich hole eine Zeitung und Streichhölzer. Fünf Minuten später habe ich ein Feuer im Kamin.

Ich ziehe den Sessel heran und verbringe einen Teil des Vormittags vor dem Feuer. Ich lese Duras und komme davon nicht mehr los. Als ich auf die Uhr schaue, ist Mittag vorbei.

Am Nachmittag gehe ich ins Guggenheim-Museum, wie ich es dem Fürsten versprochen habe. Ich mache Fotos. Der Garten im Regen. Die im Hof, am Ufer des Canal Grande ausgestellten Statuen.

Es regnet noch immer, als ich zur Pension zurückkehre.

Der Fürst döst im Salon vor sich hin. Am Fenster. Seine Wolldecke über den Beinen.

Er hört die Tür. Öffnet die Augen.

»Sie sind da?«

»Ich wollte Sie nicht wecken.«

»Ich habe nicht geschlafen.«

Er deutet auf das Wasser, das von meinem Regenmantel läuft.

»Ziehen Sie die nassen Sachen aus, und wenn Sie wiederkommen, holen Sie mir etwas Lagunenwasser herauf.«

»Lagunenwasser?«

»Aber Sie müssen sich beeilen. Im Heizungsraum finden Sie einen Eimer und im Wandschrank ein Seil, das lang genug ist.«

»Wenn Luigi uns sieht …«

»Er wird uns nicht sehen. Er ist in seiner Wohnung, und außerdem werden Sie doch vorsichtig sein, nicht wahr?«

Der Fürst lächelt.

Ich finde den Eimer und das Seil im Heizungsraum und binde das Seil am Eimer fest. Der Fürst schaut mir zu, verfolgt aufmerksam jede meiner Bewegungen.

»Können Sie einen Seemannsknoten machen?«

»Ein bretonischer Fischer hat es mir vor langer Zeit beigebracht.«

Der Fürst rollt zur Tür und sieht nach, ob Luigi immer noch in seiner Küche ist.

»Alles in Ordnung, Sie können anfangen!«

Er bleibt auf seinem Wachposten.

Ich öffne das Fenster und hänge den Eimer hinaus. Es ist ein Plastikeimer. Er gleitet geräuschlos nach unten. Ich habe genug Seil. Als er das Wasser berührt, sinkt er ein.

Ich hole zwei Liter Lagunenwasser herauf.

»Hier«, sage ich.

Der Fürst blickt in den Eimer.

»Schön. Folgen Sie mir!«

In seinem Zimmer. Die Jacke hängt immer noch mit der Krawatte und dem festgeklebten Zettel an der Wand.

Er nimmt mir den Eimer ab und leert ihn in einen Krug aus Steingut, der auf der Kommode steht. Das Wasser ist grün, leicht trüb.

»Ist es überall so?«

»Ja.«

Er zieht den Vorhang auf. Das Licht ändert sich. Das Wasser im Krug wird rot.

Er legt den Kopf auf die Fensterbank und atmet tief durch.

»Es muss schön sein abends, mit den schwarzen Gondeln auf der Lagune.«

»Im Augenblick gibt es keine Gondeln.«

»Keine Gondeln?«

»Es ist Winter«, sage ich.

»Hmm … Glauben Sie, dass solches Wasser friert?«

»Ich weiß nicht … Es ist salzig. Und Salzwasser …«

Er richtet sich nachdenklich auf.

»Ich sage Ihnen, was wir tun: Wir schütten das Wasser wieder in den Eimer zurück und warten auf eine Nacht, in der es sehr kalt ist. Es wird sicher eine geben! Dann stellen wir den Eimer in den Garten und warten, was passiert.«

Ich habe eine Warze am Kopf. In den Haaren. Ich sehe sie nicht, aber ich spüre sie, wenn ich mit den Finger darüberfahre. Ich traue mich nicht, sie jemandem zu zeigen. Sie wird nicht größer. Einmal habe ich ein Foto davon gemacht, mit gesenktem Kopf, in einem Passbildautomaten. Das Foto war zu dunkel. Ich habe nichts gesehen.

Nach dem Bad schlüpfe ich unter die Laken. Mit Trevor habe ich Regentage gern im Bett verbracht. Ich versuche zu schlafen. Aber es gelingt mir nicht einmal, die Augen zu schließen. Ich berühre meinen Kopf. Die Warze ist immer noch da. Ich habe das Gefühl, dass sie größer wird.

Zwischen meinen Lidern sehe ich meine Sachen, die Hemden, die Socken. Ich kann an nichts anderes denken als daran, sie aufzuräumen. Der Gedanke, dass keine perfekte Ordnung herrscht, hindert mich am Schlafen.

Schließlich stehe ich auf. Ein erstes Mal und dann ein zweites Mal. Ich kontrolliere. Die Ausrichtung. Meine Pullover. Meine Schuhe, schön parallel auf dem Fußboden.

Wenn ich einmal begonnen habe, kann ich nicht mehr aufhören.

Es dauert … Eine Stunde, vielleicht länger.

Als ich in den Salon zurückkehre, sitzt der Fürst zu Tisch. Er sieht mir zu, wie ich mich nähere.

»Sie sind wieder einmal zu spät«, sagt er und deutet auf seinen leeren Teller.

Luigi hat Koteletts mit Püree und schwarzer Sauce gemacht.

»Sie hätten auf mich warten können.«

»Auf Sie warten?«

Der Fürst nimmt einen Apfel aus der Obstschale und schält ihn. Langsam. Dann schneidet er ihn in Viertel und entfernt die Kerne. Er legt die Viertel auf seinen Teller.

»Ich habe noch nie auf jemanden gewartet.«

Er sagt das, als überrasche ihn diese Erkenntnis. Dann isst er seinen Apfel, Viertel um Viertel. Als er fertig ist, holt er aus der Innentasche seiner Jacke eine kleine Flasche. Einen Flachmann. Aus sehr dickem Glas.

»Sie haben keinen Respekt vor der Zeit«, sagt er.

Er schraubt den Verschluss ab und gießt ein wenig in sein Glas. Dann schraubt er das Fläschchen wieder zu und steckt es in seine Tasche zurück.

»Respekt vor der Zeit, das bedeutet, präzise im richtigen Augenblick da zu sein. Nicht vorher. Nicht nachher. Sie sollten das lernen.«

Er nimmt sein Glas, trinkt es in einem Zug aus und stellt es wieder auf den Tisch.

»Aber vielleicht haben Sie recht, ich hätte auf Sie warten sollen.«

Er setzt sich bequem in seinem Rollstuhl zurecht und lehnt den Kopf an die Rückenlehne.

»An dem Tag, an dem sie Tatjana mitgenommen haben, bin ich eine Minute zu spät gekommen. Eine Minute, verstehen Sie? Und wegen dieser einen Minute habe ich sie nie mehr wiedergesehen.«

»Wer ist Tatjana?«

»Das geht Sie nichts an.«

Der Weihnachtsbaum am Fenster blinkt, ein Wackelkontakt in einer der Girlanden. Ich stehe auf und bewege die Kabel.

»Ich dachte, es gäbe keine Fürsten mehr in Russland.«

»Die Revolution hat uns vertrieben, aber sie hat uns nicht getötet.«

Es blinkt noch immer. Ich schraube die Birne heraus und lege sie auf den Tisch.

»Erzählen Sie mir davon?«

»Was soll ich Ihnen erzählen?«

»Von der Revolution.«

Der Fürst starrt mich an und wendet dann seine Augen ab. Er blickt aus dem Fenster. Auf den weiß gewordenen Himmel.

»Was für ein Wetter ist draußen?«

»Es ist kalt. Luigi sagt, dass es schneien wird.«

Seine Lippen zittern leicht. Er holt erneut das Fläschchen aus seiner Tasche.

»Wollen Sie, dass ich Ihnen erzähle, was Flucht bedeutet? Exil? Ist es das, was Sie wollen?«

Schweigen.

Nach einer langen Pause ein Satz.

»Eines Tages, wir waren noch in Sankt Petersburg, gab es erste Gerüchte über die Pest. Wir mussten fliehen.«

Er atmet die Alkoholdämpfe ein, die aus seinem Fläschchen dringen.

»Mein Vater hatte Freunde in Pskov und in Vilnius, dort

wollte er hin und von dort aus nach Polen. Eines Nachts haben meine Eltern die Bilder hervorgeholt, die sie unter dem Bett versteckt hatten. Sie haben die Rahmen entfernt und die Gemälde von den Rückwänden gelöst. Dann haben sie die Bilder um ihre Bäuche gerollt. Alle haben mitgemacht, auch meine Großmutter. Für mich haben sie ein kleines Format gewählt, ich erinnere mich, eine Landschaft mit Bäumen und einem Schäfer im Vordergrund, mit Schafen, die in den Ruinen grasten. Wir haben tagelang geübt, mit den Bildern um den Bauch zu gehen. Am Ende hatten wir uns daran gewöhnt, wir spürten sie nicht mehr. In der Nacht, in der wir uns auf den Weg gemacht haben, hat mein Vater eine Schaufel genommen und ein Loch im Garten gegraben. Er hat eine Kiste in der Nähe des Teichs versteckt. Darin war das Silber. Währenddessen hat meine Niania den Schmuck in das Futter ihres Mantels eingenäht. Am Morgen ist sie hinausgegangen. Es gab überall Kontrollen, in der Stadt und auch auf den Wegen in der Umgebung. Wir haben gewartet. Eine Zeitlang haben wir geglaubt, sie würde nicht wiederkommen. Aber sie ist zurückgekommen. Seit jenem Tag ist sie immer vorausgegangen, um zu sehen, ob der Weg frei war. Die Milizsoldaten achteten nicht auf sie. Hätten sie gewusst, was sie in ihrem Mantel mit sich trug, hätten sie sie erschossen. Sie hätten uns alle erschossen.«

Es folgt eine lange Pause, dann fährt der Fürst fort.

»Wir brauchten Wochen, um die Weichsel zu erreichen. Wir waren teils zu Fuß, teils mit dem Zug unterwegs. In staubigen Viehwaggons. Wir mussten uns die ganze Zeit verstecken, auf Bahnhöfen warten, uns bereithalten. Um zu fliehen. Oder zu sterben. Ich war klein, trotzdem erinnere ich mich sehr genau an diese Tage des Wartens. Die Angst. Und an das kratzige Gefühl der Bilder an meinem Bauch. Eine kostbare Leinwand, die ich auf meiner Haut trug und die das Pfand für unser Überleben war.«

Er betrachtet die Innenflächen seiner Hände und reibt sie lange aneinander.

»Wir kamen eine Weile in Pskov und in Vilnius bei Freunden meines Vaters unter, Adligen, die den Russen halfen zu emigrieren. Aber sie konnten uns nicht bei sich behalten. Zu gefährlich. Nach ein paar Wochen mussten wir weiter, wieder auf die Straße. Mein Vater wollte durch Polen nach Berlin. Es war Winter. Meine Niania trug mich an sich gedrückt in der Wärme ihres Mantels. Wenn sie mich nicht mehr tragen konnte, gab sie mich meinem Vater. Abends las sie mir russische Gedichte vor, damit ich einschlief. Sie war schwanger von einem Gärtner, den sie in Pskov kennengelernt hatte und der nach Berlin nachkommen sollte. Als wir das Ufer der Weichsel erreichten, erwartete uns das Grauen … Die Städte waren bombardiert und die Brücken gesprengt worden. Wir konnten nicht hinüber, mussten flussaufwärts gehen und eine Stelle suchen, wo der Fluss zugefroren war. Leute schlossen sich uns an. Wir waren eine größere Gruppe geworden. Meine Großmutter war erschöpft, sie konnte nicht mehr weiter. Sie ist am Straßenrand gestorben. Mein Vater hat sie auf seinem Rücken bis nach Berlin getragen. Wir schliefen in Hütten, in Herbergen, wenn wir welche fanden. Nachts ließ er sie draußen, in der Kälte, am Morgen lud er sie wieder auf seinen Rücken.

Als er sie eines Morgens holte, war jemand vorbeigekommen und hatte ihr die Ohrringe abgerissen.«

»Das Bild, das Sie um Ihren Bauch trugen, haben Sie das noch?«

»Nein. Mein Vater hat es verkauft. Es hat uns geholfen, die erste Zeit in Berlin zurechtzukommen.«

Der Fürst reibt sich das Gesicht.

»Ich werde das niemals schaffen.«

»Was wollen Sie schaffen?«

»Würdig zu sterben.«

Jetzt klopft Carla, wenn sie allein ist, an meine Tür, und wir frühstücken gemeinsam.

Wir sprechen über die Liebe. Über Sex.

Leise, damit Luigi uns nicht hört. Wir lachen wie Schülerinnen.

»Wie alt warst du beim ersten Mal?«

»Fünfzehn.«

»Dein bretonischer Mann?«

»Woher weißt du das?«

»Ich hab gestern gehört, wie du es dem Fürsten erzählt hast.«

»Du lauschst an der Tür!«

»Ich lausche nicht, ich höre euch. Ihr sprecht laut. Ich bin sicher, dass er in dich verliebt ist.«

»Carla!«

Carla lächelt.

»Ich war sechzehn beim ersten Mal. Es war mit einem Onkel. Ich mochte ihn. Eines Tages habe ich ihn angerufen und ihn darum gebeten, wie um einen Gefallen. Er war einverstanden.«

»Nicht möglich!«

»Er hätte ja nein sagen können.«

Sie lacht.

»War es schön mit deinem Bretonen?«

»Ja.«

»Bei mir war es eher unromantisch, aber ich bereue es nicht. Man sollte es in allen Familien so machen. Sich eine Art Paten suchen.«

Sie beißt in ihren Apfel.

»Schluckst du es?«

»Carla!«

Wir bekommen einen Lachanfall, die Nase im Butterbrot.

»Mein Onkel ist Junggeselle. Er wohnt in Verona, ich muss dich mal mit ihm bekannt machen.«

»Ich brauche deinen Onkel nicht!«

»Du ziehst deinen Buchhändler vor?«

Ich gebe keine Antwort.

Bei Luigi stehen immer Blumensträuße, auf dem Tisch im Salon und auch auf der Kommode gegenüber dem Eingang. Luigi schmeißt die Blumen nie in den Mülleimer, selbst dann nicht, wenn sie verwelkt sind. Er bringt sie in den Garten hinunter und legt sie auf die Erde.

Im Garten gibt es so etwas wie einen Friedhof. Wegen der Blumen.

Und wegen der Katzen, die er beerdigt, wenn sie gestorben sind.

Elf Uhr, ich fahre mit dem Vaporetto zur Accademia. Die Brücke, die Straße.

Und die Sprechanlage.

Ich gehe mehrmals daran vorbei, bevor ich mich entschließe, dann läute ich. Eine Frauenstimme.

»*Si?*«

»Ich möchte den Maler sprechen.«

»Wer sind Sie?«

Ich nenne meinen Namen, aber er sagt ihr nichts.

»Ich habe ein Buch. Ich möchte es von ihm signieren lassen.«

Rauschen, dann erklärt mir die Stimme, das sei nicht möglich, ich solle nicht darauf bestehen. Ich bestehe trotzdem darauf. Es folgt eine lange Pause, dann sagt sie: »Nein, Sie können nicht heraufkommen.«

Ich bestehe nicht weiter darauf.

Ich gehe in ein Café in derselben Straße, wähle einen Tisch am Fenster, wenn ich mich vorbeuge, kann ich die Tür sehen. Ich warte.

Mittags füllt sich das Café, junge Leute, meist Studenten, mit Büchern, Zeichenmappen unter dem Arm. Sie bestellen Pizzas, Sandwiches. Sie reden laut. Die Mädchen sind schön.

In Venedig sind sie noch schöner als anderswo.

Draußen beginnt es zu regnen, eine Art gelber Nieselregen, der die Stadt bedeckt. Die Fassaden beschmutzt.

In meinen Taschen finde ich Kekse. Ich esse sie, betrachte die Leute um mich herum, das habe ich schon immer gern getan. Als die Kekse alle sind, bestelle ich noch eine Schokolade.

Und dann sehe ich sie hereinkommen. Sie hat wie tags zuvor ihren Schal um die Schultern gelegt. Er hat seine Schirmmütze auf. Eine enorme Präsenz.

Er geht nach hinten zu einem reservierten Tisch. Sie folgt ihm.

Ein unauffälliger Platz neben der Lampe.

Ich sehe sie. Ihre Gesichter, ihre Bewegungen. Seine Hände auf der Tischdecke. Wie vergessen.

Sein großer Körper.

Ich hole das Buch aus meiner Tasche und stehe auf.

»Könnten Sie mir ein Autogramm geben«, sage ich.

Sie sieht mich an, mich, das Buch, dann wieder mich.

»Waren Sie das an der Sprechanlage?«, fragt sie.

»Ein Autogramm dauert nicht lang...«

Sie sagt etwas auf Venezianisch, und der Maler blickt zu mir auf, ein tiefer Blick, in dem etwas zu liegen scheint, das größer als sein Leben ist.

Er streckt die Hand aus, nimmt das Buch. Er öffnet es auf der ersten Seite, derjenigen, auf der dieser furchtbare Titel steht, *Mušič in Dachau*. Dann holt er einen Füller aus seiner Tasche, schraubt die Kappe ab und legt sie auf den Tisch. Er schiebt den Ärmel seines Pullovers hoch und schreibt *Venezia*. Nur *Venezia*, und die drei Worte, Mušič, Dachau und – jetzt – Venedig, resümieren gemeinsam einen ganzen Abschnitt seiner Geschichte.

Ich betrachte sein Gesicht. Ich kann nicht anders. Sein Gesicht und seine Hände.

Und plötzlich weiß ich, dass ich hier nichts zu suchen habe. Ich spüre, wie ich erblasse. Von innen. Und schwitze.

Er blickt zu mir auf.

»Ihr Name?«

Ich weiß nicht ...

»Dino, Dino Manzoni. Schreiben Sie das.«

Er schreibt es und fügt darunter ein paar Worte hinzu, in kleiner, leicht zittriger Schrift.

Er unterschreibt und schließt das Buch.

Seine Hand bleibt einen Augenblick auf dem Umschlag liegen.

»Warum tun Sie das? Warum bitten Sie mich darum ... Was für eine Bedeutung ...«

Er reibt seinen Schädel mit der Hand, als könne er mit dieser Geste besser begreifen.

»In ein paar Tagen ist Weihnachten ...«

Mehr fällt mir nicht ein.

Er reicht mir das Buch.

»Wissen Sie, es ist schwierig.«

»Was ist schwierig?«

Er hebt die Hand, eine Hand, die plötzlich so schwer geworden ist, und wiederholt die furchtbare Geste, mit dieser Hand sein Gesicht zu bedecken.

Diese Geste.

Als wollte er sich verstecken. Oder etwas in sich wiederfinden, das sich ihm entzieht. Etwas tief im Innern Vergrabenes.

»Es ist schwierig, so schwierig.«

Die einzigen Worte, die er herausbringt.

Und die rothaarige Frau gegenüber, die ihn ansieht.

Ich mache mir plötzlich Vorwürfe. Dass ich da bin. Dass ich es gewagt habe. Ich wende mich ab.

Verabschiede mich kaum.

Ich sehe Sie wieder, Sie sitzen auf einem der hohen Sche-
mel in Harry's Bar. Ich weiß, dass Sie hierherkommen,
Sie haben es mir gesagt. Niemals im Sommer, nur im Winter. Wenn es grimmig kalt ist. Wenn die Touristen fort sind
und der Kai wieder menschenleer ist.

Wir waren nicht verabredet. Und doch ist es besser als
eine Verabredung.

Sie sehen mir zu, wie ich mich nähere.

Sie sagen, *die unkeuschen Handlungen sind die schönsten*,
und stellen Ihr Glas auf den Tresen zurück.

Die Worte – kaum verstanden. Erraten.

Die unkeuschen Handlungen.

Ich setze mich neben Sie.

Die Begegnung mit manchen Menschen ist Schicksal.
Wo immer sie auch sind. Wohin sie auch gehen. Eines Tages
begegnen sie sich.

Wir sind solche Menschen.

»Was wollen Sie trinken?«

»Das Gleiche wie Sie.«

Ich glaube, wir sind bereits zusammen. Haben unseren
Platz im Leben des anderen. Selbst wenn nichts passiert.
Selbst wenn wir uns nicht berühren.

Selbst wenn Ihre Hände…

»Auch Hemingway kam hierher. Und Barrès, Proust,
Morand…«

Wir kommen immer wieder darauf zurück, unvermeidlich.

»Lieben Sie diese Leute so sehr?«

»Ich liebe sie, ja.«

»So sehr?«

»So sehr.«

»Und Sie kommen hierher, weil sie hierhergekommen sind? Die Bücher genügen nicht?«

»Das Leben genügt nicht.«

»Aber die Bücher sind doch nicht das Leben?«

Sie lächeln.

»Vielleicht haben Sie recht.«

Die Bar ist leer. Lediglich eine Frau hinter Ihnen. Allein. Durch die sehr dicken Fensterscheiben dringt das Licht von draußen. Hindert am Sehen.

Die Kellner gehen um uns herum. Sie streifen uns. Ein intimer Ort. Ein Ort, an dem die Zeit stillsteht.

»Verstehen Sie jetzt, warum ich niemals von hier fortgehen könnte?«

»Vielleicht.«

Satzfetzen.

Der Cognac brennt auf meinen Lippen. Ich sehe Ihnen zu, wie Sie rauchen. Ihr Glas in Ihren Händen drehen.

»Ich lese Duras.«

»Das ist gut.«

Wir sprechen über den Fürsten und dann über hier. Über das Leben hier, am Rande der Welt.

»Sie mögen ihn sehr, Ihren Fürsten.«

»Er ist Schachspieler.«

»Schachspieler? Dann sollten Sie *Lushins Verteidigung* lesen, Nabokov... Ich habe eine italienische Übersetzung, aber Sie lesen ja nicht Italienisch, nicht wahr?«

Ich hole das Buch über Mušič heraus und schiebe es Ihnen hin. Langsam. Sie legen Ihre Hand auf den Umschlag, öffnen es und sehen Ihren Namen, die Unterschrift. Sie werden sehr blass.

»Das hätten Sie nicht tun sollen.«

Mit Ihrer Hand schieben Sie das Buch langsam wieder zu mir.

»Sind Sie wütend?«

Ich habe Angst, Angst davor, dass Sie wütend auf mich sind. Auf das, was ich getan habe.

Ohne es Ihnen zu sagen.

Ohne mit Ihnen darüber zu sprechen.

Und was da plötzlich in Form von Worten zu Ihnen kommt.

»Nicht wütend«, sagen Sie. »Es ist etwas anderes.«

Und dann:

»Sie haben nicht nachgedacht.«

Sie sehen mich an.

Sie schlucken es hinunter.

Es ist in Ihren Augen.

»Wir müssen gehen.«

Und als wir draußen sind:

»Ich nehme Sie mit ins Ghetto.«

Wir nehmen das Vaporetto am Markusdom. Stehen die ganze Fahrt über auf Deck. Im Wind.

»Hier sieht man am besten.«

In der Kälte.

»Hat die Duras wirklich dort gelebt, in Indochina?«

»Ja.«

Sie erzählen mir von ihr. Alles, was Sie wissen. Sie wissen viel. Ich höre Ihnen zu.

Immer schon sind sich Männer und Frauen in Venedig begegnet. Immer schon haben sich Männer und Frauen geliebt. Dem Wind getrotzt.

Ich sehe Sie an.

Ich kenne Sie nicht. Ich begegne Ihnen.

»Sie werden rot.«

Ich wende den Kopf ab.

Sie lächeln.

Deswegen.

Ihr Lächeln. Und Ihre Stimme. Ich habe Ihre Stimme geliebt, wie man einen Körper liebt.

Wir blicken woandershin. Das Wasser bedeckt die Stufen, das faulende Holz der Pfähle.

Wegen der Lampen kann man das Innere der Palazzi sehen. Die brennenden Kronleuchter.

»Die Venezianer sind da. Sie werden bis zum Ende da sein.«

Sie sind ebenfalls da, sage ich, aber nicht laut genug. Sie hören es nicht.

»Verkaufen Sie deswegen die Bücher der anderen? Weil Sie nicht schreiben?«

Sie zünden sich eine Zigarette an, blasen den Rauch weit von sich.

Gondolieri unterhalten sich und lassen sich von der Strömung tragen.

»San Marcuola, wir steigen aus.«

Wir gehen durch die Straßen, die ins Ghetto führen. Immer engere Gässchen, in denen Wäsche trocknet, Kleidungsstücke, die auf Schnüren zwischen den Wohnungen hängen. Bunte Laken.

Ein Geschäft. Eine Wäscherei für Betttücher.

»Der Campo des Ghetto Nuovo.«

Ein von hohen Fassaden umgebener Platz mit ein paar Bäumen in der Mitte. Steinbänke.

Ein Brunnen.

Eine Mauer.

An der Mauer eine Bronzetafel. Dorthin führen Sie mich, über den Platz, den wir in seiner ganzen Länge überqueren müssen.

»Das ist eine Gedenktafel für diejenigen, die dort gestorben sind.«

Sie lassen sie mich berühren. Mit den Fingern. Der Zug. Die übereinandergestapelten Körper. Zahlreich, ineinander verschachtelt, ein Schmerz geworden. Ein Körper aus vielen Körpern, aus den Waggons gerissen, ausgespien.

Ihre Hand legt sich auf meine.

Ich spüre das Brennen Ihrer Haut auf meinen Fingern.

»Kommen Sie.«

Sie führen mich weiter zu der anderen Mauer. Weitere Tafeln. Körper, die aus der Bronze hervortreten. An Pfähle gebunden. Kurz davor, erschossen zu werden. Oder bereits erschossen.

Eine Signatur: A. Blatas 79.

Darüber, ganz oben an der Mauer, Stacheldrahtreihen.

Es ist etwas in Ihren Augen. Ganz plötzlich. Ein Schmerz. Sie pressen Ihre Hand auf die Tafel.

»Nur die Kunst ist zu solcher Wahrheit fähig.«

Es ist kalt. Ich zittere. Ich presse die Zähne zusammen, damit sie nicht klappern. Sie lächeln und führen mich zu einem Café. Ein Tisch am Fenster, wir bestellen zweimal Schokolade.

Die Milch in den Tassen dampft.

Ich wärme meine Hände.

Selbst von hier aus betrachten Sie noch in der Ferne, auf der anderen Seite des Platzes, diesen Zug, der Sie verfolgt.

Obwohl Sie ihn nicht sehen. Oder kaum.

»Leiden Sie?«

»Ja.«

»Sind Sie Jude?«

Sie lassen den Vorhang fallen.

Eine Pause, dann antworten Sie.

»Ja.«

Das Wasser beginnt in die Stadt zu sickern. Zwischen den Steinen hindurch. Längs der Zattere schwappt es schon über. Löscht die Grenze zwischen Stein und Wasser aus.

Es kommt die Mündungen herauf, auf den Platz, breitet sich aus wie eine lange Schlange. Gewunden. Erde. Wasser. Nicht klar abgegrenztes Gebiet, in Bewegung. Auf dem Markusplatz, aber auch in den Gässchen ringsum.

Luigi hat mir gesagt, es sei Vollmond, die Flut werde stark sein. Man müsse Stiefel kaufen. Bald werde so viel Wasser in der Stadt sein, dass es unmöglich werde, aus dem Haus zu gehen.

Schon jetzt muss man über Bretter gehen.

Der Fürst ist müde. Ich esse allein zu Abend. Luigi sagt, er wisse nicht, wer Tatjana sei. Der Fürst erzähle manchmal von ihr, wenn er getrunken habe.

Über seinem Bett hänge ein Foto, aber er wisse nicht, ob sie es sei.

»Jeder hat seine Sorgen, aber sie sind seine Angelegenheit, nicht die der anderen.«

Er zieht die Tischdecke ab und rückt die Stühle zurecht, räumt den Teller des Fürsten, das Glas, das Brot ab. Stellt alles auf ein Tablett.

Dann kehrt er in die Küche zurück.

Ich bleibe sitzen. Ich höre die Geräusche des Abspülens, das Wasser, das in den Ausguss fließt.

Dann höre ich nichts mehr.

In meinem Zimmer.

Nach Mitternacht. Carla und Valentino kehren zurück. Ich beobachte sie durch den Türspalt. Sie nehmen Bonbons aus der Schale. Wir tun das alle, sie, ich, der Fürst vermutlich auch.

Wir nehmen mehr als notwendig.

Luigi weiß es.

Er füllt nach, ohne zu zählen.

Am nächsten Morgen verlassen wir gleichzeitig das Zimmer. Carla und ich.

»Geht es dir nicht gut?«, frage ich.

»Doch, doch.«

Ihre Stimme zittert. Sie setzt sich und schenkt sich Kaffee ein. Mit dem Kinn deutet sie in Richtung ihres Zimmers.

»Wir haben uns nur ein bisschen gestritten.«

Sie nimmt ein Stück Zucker und zerdrückt die Ecken auf dem Tisch.

»Es ist unser erster Streit. Wegen eines Hosensaums, kannst du dir das vorstellen!«

Sie trinkt einen Schluck Kaffee.

»Er hat eine Hose gekauft ... wollte, dass ich sie umnähe.«

Sie rührt mit dem Löffel im Kaffee herum.

»Er hat Luigi um Garn gebeten. Und um eine Nadel.«

Sie wischt sich die feuchten Lippen mit dem Daumen ab. Ich kann mit Verzweiflung nicht gut umgehen, nicht mit meiner und mit der anderer schon gar nicht. Ich habe es nie gekonnt.

Und die Geschichte, die wieder hochkommt. Immer dieselbe Geschichte. Dieselbe Uneinigkeit.

Ich wende den Kopf ab. Draußen die Dächer, der Himmel. Voller dunkler Wolken.

»Es sieht schlimmer aus, als es ist ...«, sage ich und weiß nicht, ob ich das Wetter meine oder sie. Ihr Leben.

Sie weiß es auch nicht.

Doch es ist das Einzige, was mir in diesem Augenblick einfällt. Es sieht schlimmer aus, als es ist, obwohl es durchaus schlimm ist.

Sie erwartet, dass ich ihr genau das sage, dass es schlimm ist, diese Wahrheit, dass es nie, niemals wieder, nie mehr so sein wird wie vorher. Und dass man nichts dagegen tun kann.

Ich nehme eine Scheibe Brot und bestreiche sie mit Marmelade. Unmöglich hineinzubeißen. Ich lege sie hin.

Ich sollte aufhören zu lügen. Die Leute, die Alten, die Kinder zu belügen.

Als Trevor gegangen ist, hätte ich ihm sagen sollen, ich sterbe nicht für dich, aber meine Jugend stirbt. Etwas, das ich in mir trage und das ich liebte, geht fort.

Ich habe ihm nichts gesagt.

Die Tür hinten im Salon wird geöffnet, Carla senkt den Kopf.

»Tu das nicht«, sage ich.

Aber das reicht nicht.

Ich will aufstehen. Gehen.

Sie sagt, *bleib*.

Mit einer Stimme, die aus ihrem Bauch kommt. Valentino nähert sich. Ich spüre die Spannung zwischen ihnen. Sie ist greifbar. Ich bin ihr ausgesetzt. Sie erinnert mich zu sehr an das Schweigen zwischen Trevor und mir am Schluss, als wir uns nicht einmal mehr anbrüllten.

Uns langweilten.

Im Restaurant wagten wir nicht mehr, uns anzusehen.

Wir schauten aus dem Fenster oder sahen die anderen an. Woandershin. Wir drehten unsere Gabeln in den Fingern, hatten es eilig aufzuessen, eilig zu bezahlen. Eilig zu gehen. Aber wir gingen nicht. Wir klammerten uns fest. Ich vor allem.

Ich sehe sie nicht an.

Ich nehme eine Orange. Ich halte sie in der Hand, dann lasse ich sie über den Tisch rollen, von einer Handfläche in die andere.

Carlas Liebe bekommt einen Riss. Den ersten. Sie weiß es. Vor ihm.

Das ist das Wissen der Frauen.

Wegen ein paar Zentimetern Garn.

Carla hebt den Kopf. Ihre Augen. Meine. Man muss schließlich leben.

Ich lasse die Orange zu ihr rollen, zwischen den Kaffeetassen. Der Tisch ist groß. Die Orange rollt langsam. Carlas Hände zögern, dann öffnen sie sich. Das Leben geht weiter. Es siegt über die Tränen. Mit dem Spiel.

Niemand hat mit mir gespielt, als Trevor gegangen ist. Ich habe ganz allein gespielt, mit dem Fisch, und der Fisch ist eingegangen.

Die Orange kehrt zurück. Rollt wieder zu Carla. Die Schale nimmt die Wärme unserer Hände an. Ihr Schatten auf dem Tisch. Einmal und dann noch einmal. Carla lächelt. Geschafft.

Valentino spürt es. Er sagt etwas zu Carla, und sie beißt sich auf die Lippe.

Sie beginnt zu lachen.

Am Ende lacht sie so sehr, dass sie weint.

Valentino geht aufs Zimmer zurück. Carla folgt ihm mit den Augen. Sein Rücken. Die Tür.

»Seine Mutter wollte es auch nicht tun.«

»Was?«

»Seine Hose, sie wollte sie nicht umnähen.«

Sie öffnet den Mund, um etwas hinzuzufügen. Sie lacht noch immer.

Ich halte die Orange fest.

Ich nehme mein Messer und schneide hinein. Der Saft fließt heraus, klebrig, süß.

Ich gebe ihr die Hälfe.

Jetzt lacht sie nicht mehr.

»Denkst du, ich hätte es tun sollen?«

»Was?«

»Die Hose umnähen?«

»Ich weiß nicht.«

»Was hättest du gemacht?«

Ich antworte nicht.

Ich war nie lange genug mit einem Mann zusammen, um mit solchen Dingen konfrontiert zu werden.

Aber ich glaube, ich hätte es nicht gern getan.

Mit Ausnahme von Trevors Hosen.

Trevors Hosen hätte ich mit den Zähnen umgenäht.

Innerhalb weniger Stunden wirbelt die Ebbe den Schlamm hoch, reißt dicke Sedimentschichten aus dem Untergrund der Stadt. Der Fürst sagt, Venedig sei auf einem Wald errichtet worden. Er sagt auch, eines Tages werde das Wasser die Stadt völlig bedecken und nicht mehr abfließen.

Die Kais an den Zattere sind schwarz. Vom Campanile sieht es aus, als würde Venedig sich waschen.

Am Nachmittag stehe ich unter Ihren Fenstern. Ich könnte eintreten. Ich könnte Sie auch anrufen.

Ich gehe in ein Café.

Dann komme ich zurück.

Ich drücke die Tür auf.

Es sind Leute im Laden. Sie telefonieren. Als Sie mich sehen, halten Sie den Hörer zu und bedeuten mir hereinzukommen.

»Ich habe das Buch für Ihren Fürsten.«

Während Sie sprechen, beugen Sie sich vor und holen aus einem Karton ein in Papier gewickeltes Paket. Sie reichen es mir. Ich öffne es. *Degl'istorici delle cose Veneziane*. Innen riecht es nach Schimmel. Ich halte das Buch an die Nase und schnuppere an den Seiten.

Sie legen auf.

Sie haben keine Zeit, um mit mir zu reden. Sie sagen: »Kommen Sie morgen wieder, zwischen drei und vier, dann ist weniger los. Sie werden doch wiederkommen, nicht wahr?«

Sie begleiten mich zur Tür.

»Und *Heiße Küste*?«

»Habe ich fertig gelesen.«

»Tatsächlich?«

Sie greifen nach einem Buch hinter Ihnen.

»Hier, nehmen Sie das.«

Thomas Mann, *Tod in Venedig*.

Sie lächeln.

Die Bücher an mich gedrückt, kehre ich in die Pension zurück.

Im Salon ist es dunkel. Auf dem Tisch ein paar Kerzen. Und zwei Kerzenleuchter neben dem Eingang.

»Fürst?«

Er sitzt gebeugt in seinem Rollstuhl, den Kopf zwischen den Händen.

Sein Hemd ist offen. Seine weiße, fast graue Haut, die Haut eines alten Menschen.

»Fürst…«

In den Händen hält er ein Foto. Ein Gesicht. Ein Mädchen. Sie trägt einen schweren Mantel, eine Pelzmütze. Um sie herum Schnee.

Er hebt den Kopf.

»Diese Liebe war eine Obsession, ich habe es nie geschafft, davon loszukommen.«

Er betrachtet das Foto, das seine Finger umklammern.

»Ich habe sie geliebt, so sehr geliebt.«

Er richtet seinen Blick auf mich.

»Aber ich bin feige gewesen, wissen Sie…«

Dann schweigt er.

Nach einer Pause ein Satz.

»Ich habe es nie geschafft, davon loszukommen.«

Er schließt seine Jacke. Das Kerzenlicht wirft dunkle Schatten auf sein Gesicht. Nur seine Augen sind zu sehen.

»Kommen Sie her… Setzen Sie sich zu mir.«

»Was ist passiert?« Ich deute auf die Kerzenleuchter.

»Die Sicherungen sind herausgesprungen. Luigi kann es sich nicht erklären, er wartet auf den Elektriker. Ein Elektriker, zwei Tage vor Weihnachten … Ich kann keine Musik mehr hören, verstehen Sie. Die Vergangenheit profitiert davon. Darf ich meine Hand auf Ihren Arm legen?«

Seine Finger sind kalt, ein wenig feucht. Der Fürst schließt die Augen. Einen Augenblick glaube ich, er schläft. Ich betrachte die Kerzen, die gelben Flammen im Halbdunkel.

Und die Flammen, die sich im Spiegel spiegeln.

»Tatjana ist die Tochter, die meine Niania von ihrem Gärtner bekommen hat.«

Er erzählt. Bruchstücke. Langsam.

Etwas Wachs läuft an einer Kerze hinunter und weiter am Kerzenhalter aus Zinn.

»Sie wurde ein paar Monate nach unserer Flucht aus Sankt Petersburg geboren. Mitten im Exodus, in einem Graben am Ufer der Weichsel. Ich war dabei, habe es gesehen. Vielleicht war es das, dass ich sie so gesehen habe, so zerbrechlich, als sie aus dem Mutterleib kam. Ich habe meine Kindheit damit verbracht, sie zu beschützen. Immer. Solange ich konnte.«

Der Fürst legt das Foto auf den Tisch. Er betrachtet die Bücher, streckt die Hand aus, zieht das Paket zu sich. Er lässt die Hand darauf liegen, ohne es zu öffnen.

»Ich habe zwei Brüder, Iwan und Leo. Aber aufgewachsen bin ich mit Tatjana. Mit ihr habe ich gespielt. Sonntags gingen wir Eis essen in den Gärten. Ich hatte eine französische Gouvernante. Jeden Morgen holte sie mich und unterrichtete mich im Büro meines Vaters. Tatjana wartete im

Flur oder draußen im Park, wenn es schön war. Ich wollte, dass sie mit mir lernt, aber mein Vater hat es verboten. Also ging ich abends zu ihr. Heimlich. Ich lieh ihr meine Bücher, meine Hefte. Sie hat alles abgeschrieben. Nachts. Bei Kerzenschein. So hat sie gelernt.«

»Und was ist dann geschehen?«

»Dann bin ich größer geworden. Mit sechzehn bin ich auf die Hochschule in Berlin gegangen. Ich war Internatsschüler. Am Wochenende und in den Ferien kam ich nach Hause. Aber ich habe Tatjana weiterhin gesehen und unterrichtet.«

Der Fürst betrachtet das Foto. Lange.

»Eines Tages, ich erinnere mich, es war mein achtzehnter Geburtstag. Wir saßen bei Tisch, mein Vater war da, meine Mutter, meine beiden Brüder Iwan und Leo und auch die anderen Mitglieder der Familie. Irgendwann ist uns das Brot ausgegangen, meine Mutter hat nach dem Mädchen geläutet, und Tatjana ist hereingekommen. Ich musste essen, alles tun wie sonst, an dem Tag und an den folgenden, essen, was sie mir auftat. Ich habe nicht nachgefragt. Ich konnte es nicht.«

Der Fürst presst seine Hände zusammen. Hindert sie am Zittern.

»Aber das war nicht das Schlimmste.«

»Und was war das Schlimmste?«

»Das Schlimmste war, dass Tatjana die Lust am Lernen verloren hatte. Wenn ich am Abend mit meinen Büchern zu ihr kam, sagte sie, sie könne nicht mehr, sie sei zu müde. Sie konnte sich nicht mehr konzentrieren, verlor immer mehr den Anschluss. Also habe ich für sie abgeschrieben, ausgewählt, kommentiert, damit sie wenigstens das Wesentliche lernte. Ich wollte nicht, dass sie aufgibt. Sie wusste es und hat sich bemüht. Eine Weile. Für mich. Wenn sie morgens aufstand, brannten ihre Augen. Eines Abends bin ich in ihr Zimmer gekommen, sie erwartete mich auf der Bettkante sitzend. Sie hat mich angesehen. Sie hat nichts gesagt. Ich erinnere mich an ihr Gesicht an jenem Abend. An ihren resignierten Blick. Sie konnte nicht mehr. Sie hat mir die Bücher zurückgegeben. Ich habe geschrien, als ich begriffen habe. Dass sie aufgab. Dass man aufgeben konnte. Und dass das die Macht der Mächtigen war, den Schwächeren die Lust am Lernen zu nehmen.«

Der Fürst reibt sich mehrmals die Augen. Reibt sie ganz fest, als wollte er die Bilder tief in seinen Schädel hineindrücken.

»Ich bin zu meinem Vater gegangen. Ich dachte, ich könnte kämpfen.«

Er schweigt erneut. Einen Augenblick glaube ich, dass er nicht weitererzählen wird. Ich lege meine Hand auf seine.

»Fürst ...«

Seine Haut ist kalt.

»Was ist dann passiert?«

»Mein Vater hat sie alle entlassen, Tatjana, meine Niania und den Gärtner. Als ich am folgenden Freitag von der Universität nach Hause kam, ließ er mich in sein Büro rufen und erklärte mir alles ganz ruhig. Ich hatte zwei Brüder, aber ich war der Älteste, Prinz Wladimir Pofkowitschin, der Achte des Namens! Mit diesem Rang waren

Pflichten verbunden. Aus dem Mund meines Vaters hörten sich die Dinge einfach an. Er sprach. Ich hörte zu. Meine Mutter saß in einem Sessel am Kamin. Sie hat während des ganzen Gesprächs kein Wort gesagt. Ich spürte ihre Gegenwart. Stumm. Aufmerksam. Ich weiß nicht, was sie gedacht hat. Ich glaube, sie hat meinen Vater zu sehr geliebt. Und auch zu sehr gefürchtet. Sie hatte Angst vor ihm.

Als ich das Büro verließ, war ich wie tot. Das Zimmermädchen wartete im Flur auf mich. Sie erzählte mir, dass Tatjana und ihre Eltern noch am selben Abend den Zug nach Sankt Petersburg nehmen würden. Ich nahm ein altes Fahrrad, das vor dem Haus der Dienstboten stand.

Ich trat wie ein Verrückter in die Pedale. Als ich den Bahnhof erreichte, war der Zug gerade abgefahren. Ich konnte noch den letzten Wagen am Ende des Bahnsteigs sehen. Diesen Zug, in dem Tatjana saß … Eine Minute früher, und ich hätte sie erwischt. Eine Minute, verstehen Sie? Ich bin drei Tage nicht nach Hause zurückgekehrt, habe mich in den zwielichtigen Kneipen der Stadt betrunken. Prinz Pofkowitschin trieb es hemmungslos mit den Mädchen der größten Bordelle. Schließlich kam es heraus. Die Angestellten meines Vaters fanden mich und brachten mich nach Hause zurück.«

Der Fürst nimmt erneut das Foto. Dreht es in seinen Händen hin und her.

»Sechs Monate später war ich verheiratet mit der Tochter eines hohen Beamten, einer reichen Erbin, sie war eine entfernte Cousine aus Norwegen, Lodja Mirandowna. Eine arrangierte Heirat nach ältester russischer Tradition.«

Der Fürst lächelt mir zu.

»Seitdem kann ich die geringste Verspätung nicht mehr ertragen.«

Der Laden ist leer. Es ist zwischen drei und vier. Die kleine Lampe auf dem Bürotisch und daneben, im Schatten, die Katze Lulio.

In der Nacht ist der Kanal über die Ufer getreten. Sie haben Angst um die Bücher und stellen alle Kartons auf Bretter, die Sie auf Böcke gelegt haben.

Sie zeigen mir das Wasser zwischen den Steinplatten.

»Noch kann man in Venedig leben. Aber das Leben ist schwierig.«

»Woanders ist das Leben auch schwierig.«

»In Paris?«

»In Paris wegen der Autos, dem Lärm.«

»Und in Ihrer Dauphiné? Wie ist es in Ihrer Dauphiné? Eines Tages werde ich Sie dort besuchen.«

»Können Sie Auto fahren?«

»Nein, aber ich kann es lernen.«

Sie deuten auf die Katze.

»Sie spürt das *acqua alta*. Es macht sie nervös.«

Sie erzählen mir von Ihrer Katze und von allen Katzen, die Sie vor ihr gehabt haben.

Von einem grauen Einzelgänger, der abends vorbeikommt, wenn es Nacht wird. Sie geben ihm zu fressen, auf der Türschwelle. Immer um die gleiche Zeit. Sie stellen den Teller hin, gehen hinein, und wenn Sie einen Augenblick später zurückkommen, ist der Teller leer.

Sie sagen, bei dieser Katze hätten Sie das Gefühl, dass sie Ihr Leben ausspioniert.

Sie deuten auf die Kartons.

»Ich räume die Kartons noch fertig um, dann machen wir eine Pause.«

Auf dem Schreibtisch liegt ein Buch mit Fotos, die Fußböden des Markusdoms.

»Ich kenne einen Gang, durch den man nachts in den Markusdom gelangen kann. Einen Geheimgang.«

Sie setzen den Karton mit den Bücherstapeln ab.

Und dann blicken Sie zu mir auf.

»Eines Tages werde ich Sie mitnehmen.«

Wir duzen uns nicht. Wir befinden ins in diesem Vorstadium der Intimität. Bevor man sich berührt. Bevor man über den anderen herfällt. Davor. Ich weiß es nicht.

Ihre Lippen sind trocken. Ich habe Lust, sie zu berühren. Mit meinen Fingern. Ich habe Lust dazu.

Ich habe diese Lust geliebt. Bei so vielen Männern. Diesen brennenden Augenblick der Finger vor der Haut.

Diesen Augenblick des Verlangens.

Ich liebe ihn bei Ihnen. Noch mehr.

Nach Ihnen wäre ich dazu nicht mehr fähig. Ich hätte die Kraft nicht mehr.

Langsam strecke ich die Hand aus. Streichle die Katze.

»Woran denken Sie?«

Ich denke an Sie. Nur an Sie. Wie soll ich Ihnen das sagen?

Sie schließen die Trittleiter und schieben sie zwischen zwei Regale.

»Ich werde Kaffee machen.«

Und dann, lächelnd:

»Das ganze Hin- und Herräumen lohnt sich nicht.«

Sie verschwinden im Hinterzimmer.

Allmählich kenne ich Ihre Momente des Schweigens. Ich hatte die gleichen. Ebenso plötzlich. Ebenso tief. Am Ende waren meine Lippen verschweißt. Ich ging nicht einmal mehr ans Telefon. Man musste zu mir kommen. An die Tür klopfen. Sie aufbrechen und mich hinauszerren. Niemand tat es. Ich war ein Maulwurf geworden. Eines Nachts träumte ich, dass ich Glas aß. Als ich aufwachte, hatte ich Nasenbluten.

»Und Ihr Fürst, wie geht es ihm?«, fragen Sie, als Sie mit dem Tablett wiederkommen.

»Man könnte meinen, er nimmt Abschied.«

»Wie das?«

»Wenn er trinkt, hat man das Gefühl, er verabschiedet sich vom Wein. Und das gilt auch für alles andere ... Ich habe ihm gesagt: ›Man könnte glauben, Sie verabschieden sich.‹«

»Und was hat er geantwortet?«

»Er hat geantwortet: Jeden Tag verabschiede ich mich.«

Wir bleiben zusammen. Reden. Die ganze Stunde zwischen drei und vier.

Sie zeigen mir Bücher, legen sie vor mich hin, die Tassen beiseiteschiebend. Sie schieben alles beiseite. Mit Ausnahme der Katze. Die Katze stören Sie nicht.

Gedichte von Rainer Maria Rilke. *Die Aufzeichnungen des Malte Laurids Brigge*, Primo Levi, Sepúlveda. Ich kann mir nicht alles merken. Sie lachen.

»Das müssen Sie unbedingt lesen.«

»Warum?«

»Darum!«

Sie lachen erneut wegen Ihres großen Lesebedürfnisses.
All die Texte ringsum, die Ihre Augen leuchten lassen.

»Bücher!«, sagen Sie. »Bücher!«

Sie suchen weitere heraus und legen alle auf den Tisch.
Ich nehme Ihre Zigarette aus dem Aschenbecher und rauche sie nach Ihnen. Eine automatische Geste. Mit Trevors
Gitanes habe ich es genauso gemacht. Eine Zigarette zu
zweit.

Sie nehmen die Zigarette wieder und zünden eine zweite
an, als sie aufgeraucht ist.

Um vier Uhr kommt ein Kunde herein. Dann ein zweiter. Sie stehen auf.

»Sie müssen jetzt gehen. Nicht weil ich es will, sondern
weil…«

Sie beenden den Satz nicht.

Sie begleiten mich zur Tür.

»Ich schließe zwischen Weihnachten und Neujahr. Werden Sie danach noch da sein?«

Den Rest des Nachmittags verbringe ich damit, Leuten auf der Straße zu folgen. Campo San Polo, einem Pfarrer in eine Kirche, auf einem Betstuhl kniend, den Kopf auf das Holz gepresst. Ich habe Lust, ihm von Ihnen zu erzählen. Vom Fürsten und seiner unmöglichen Liebe.

Und auch von allem anderen.

Man müsste auch über alles andere sprechen.

Ich warte, bis er fertig ist, um zu ihm zu gehen.

»Ich würde gerne beten lernen.«

»Beten?«

»Ja. Niederzuknien. Ich würde das gerne können.«

»Sind Sie gläubig?«

»Ich weiß nicht.«

Er sieht mich fassungslos an.

»Beten kann man nicht lernen. Das ist etwas, das man in sich hat.«

»Im Bauch?«

»Im Bauch, wenn Sie so wollen.«

»Ich habe einen Freund, einen Fürsten, der sagt, man kann alles lernen.«

»Nicht das Beten. Aber Sie können es jetzt ja mal versuchen.«

Ich setze mich auf eine Bank, warte. Gott kommt nicht. Nach einer Weile wechsle ich die Position. Knie mich hin, auf das Holzbrett, wie der Pfarrer. Ich halte es nicht lange aus.

Ich stehe wieder auf. Stelle mich gerade hin. Die Füße flach auf dem Boden. Eine Gewohnheit aus der Kindheit, um den Kontakt mit der Erde zu spüren. Die Steinplatten sind eiskalt.

Eine Taube fliegt in Panik umher, gefangen unter der Kuppel. Ich folge ihr mit den Augen. Ein Blick auf meine Uhr. Es ist der 23. des Monats. Mein Passfototag. Ich verlasse die Kirche und gehe in Richtung Bahnhof. Es ist kalt, aber es regnet nicht. Nur wenige Menschen sind unterwegs. Der Himmel ist grau. Niedrig. Ich gehe durch die Gässchen, verirre mich nicht mehr.

In der Hauptstraße finde ich einen Passfotoautomaten. Eine kleine Kabine mit einem grauen plissierten Vorhang. Ich drehe den Stuhl auf die richtige Höhe. Sitze starr da. Seit zwanzig Jahren mache ich das schon, mit immer gleichem Gesicht. Ohne Lächeln.

Das weiße Blitzlicht.

Jeden 23. des Monats.

Eines der vier Fotos behalte ich. Vierzig mal dreißig, im Hintergrund der zugezogene Vorhang.

Ich klebe jedes in ein Heft. Hundertzweiundneunzig Seiten. Großformat. Neun Fotos pro Seite, darunter die Daten. Die Orte.

Das Heft wird nie voll werden. Ich hätte gar nicht erst anfangen sollen.

Jetzt kann ich nicht mehr aufhören.

Manchmal nehme ich das Heft und blättere darin. Vom Anfang bis zum Ende. Die weißen Seiten. Ich würde gern meinen Schädel von innen fotografieren können. Und ebenfalls hineinkleben. Schwarz-Weiß.

Mein Inneres.

Ich schiebe das Foto in meine Brieftasche. Die anderen werfe ich zerrissen in einen Mülleimer. Ich gehe weiter. In den Straßen begegnet man nie jemandem. Auch nicht, wenn man sich verirrt. Die Leute sind allein. Manche haben Verabredungen, aber das ändert nichts.

Durch das Laufen tut mir das Knie weh. Ich gehe in eine Apotheke und kaufe eine Schachtel Aspirin.

Ich nehme zwei mit etwas Wasser am Tresen eines Cafés.

24. Dezember. Wir haben noch immer keinen Strom. Luigi sagt, im besten Falle müssten wir noch drei Tage warten. Er macht mir Wasser in einem Kessel heiß. Wir tragen ihn zu zweit und gießen das Wasser in die Wanne. Ich setze mich hinein.

Ich fühle mich alt.

Nicht alt, alternd. In einem Zwischenzustand, wie in der Dämmerung. Vielleicht liegt es am Licht. An der nackten Glühbirne.

Der Spiegel, die Steingutfliesen beschlagen durch den Dampf. Er rinnt in dicken Tropfen herab.

Ich bin vierzig, das müsste erträglich sein, ist es aber nicht. Ich sollte mich im Spiegel betrachten, mich wieder an mich gewöhnen. Wenn ich schiele, erkenne ich mich nicht mehr.

Sechzehn Uhr. Die Füße auf dem Heizkörper. Ich lese *Der Tod in Venedig.*

Achtzehn Uhr. Im Salon brennen alle Kerzen, auf dem Tisch, aber auch an der Fensterfront und die beiden großen Kerzenleuchter im Eingang. Es riecht nach Rauch, nach brennendem Wachs.

Der Fürst erwartet mich, mit glattem Bart, Pomade im Haar und gekleidet wie ein König.

Parfümiert.

»Sie sehen gut aus!«, sage ich.

Er hebt den Kopf.

»Ja, ja, machen Sie sich ruhig über mich lustig!«

Seine Augen sind lebhaft. Es ist ein guter Tag. Er deutet auf den Tisch, ein Geschenk auf meinem Teller. Ein in Goldpapier eingewickeltes Päckchen.

»Frohe Weihnachten!«

Ich habe nichts für ihn. Nicht daran gedacht.

»Machen Sie es trotzdem auf«, sagt er lächelnd.

Es ist ein Reisetagebuch mit rotem Ledereinband, das mit zwei Riemen geschlossen wird. Das Papier riecht gut. Das Leder ebenfalls.

»Damit Sie alles notieren können, was Sie vergessen. Denn Sie vergessen viel, nicht wahr?«

Er hebt sein Glas.

»Stoßen wir an!«

Wir trinken Champagner, jeder ein Glas.

Luigi stößt ebenfalls mit uns an, und dann bringt er uns kleine Fischspieße. In einem Korb Brotkugeln mit Sesamkörnern in der Kruste. Er stellt alles auf den Tisch und wünscht uns guten Appetit.

Wir essen.

Wir trinken Wein. Wein aus Frankreich. Einen Sancerre.

Nach den Spießen essen wir *bigoli con salsa* und reden über Venedig, über all die Dinge, die es zu sehen, zu tun gibt, und über ein Leben, das nicht genügt.

Nach den *bigoli* lege ich meine Gabel hin.

Ich sehe den Fürsten an.

»Gestern haben Sie mir von Tatjana erzählt.«

»Ich hatte getrunken.«

Er schwenkt den Wein in seinem Glas und betrachtet ihn im Gegenlicht.

»Eine Farbe wie die Sonne. Probieren Sie ihn!«

Wir trinken.

Zu viel.

Der Fürst isst mit Appetit.

»Man braucht so viel Kraft zum Leben«, sagt er, als wollte er sich entschuldigen.

»Haben Sie Angst?«

»Wovor? Vor dem Tod?«

Mit seinem Messer schneidet er das Brot. Für jeden eine Scheibe.

»Der Tod ist etwas Eigenartiges. Er hat mich lange verfolgt, und jetzt, da er ganz nah ist, interessiert er mich nicht mehr. Vermutlich habe ich zu viel an ihn gedacht. Und Sie?«

»Ich habe Angst, dass er kommt, bevor ich Zeit gehabt habe, alles zu erleben.«

Der Fürst deutet auf die Käseplatte.

»Bedienen Sie sich. Der Sancerre mit dem Käse... Sie werden sehen!«

Um mich dreht sich alles. Ich trinke trotzdem.

Der Fürst spricht, mischt Französisch und Russisch. Er sagt, das passiere ihm immer häufiger, dass die russische Sprache wieder zurückkommt. Selbst in seinen Träumen.

»Merkwürdig, nicht wahr? All die Wörter, die ich vergessen zu haben glaubte... Erlauben Sie, dass ich etwas Musik auflege?«

Eine Vinylplatte auf einem alten Plattenspieler mit Batterien, den Luigi für ihn aus dem Keller geholt hat.

»Die Musik passt gut zum Wein.«

Luigi bringt uns das Dessert, Kekse mit Eis. Er hat Klebstoff an den Fingern. Die Burg liegt unter dem Weihnachtsbaum, zusammen mit anderen Geschenken und den Leuchtgirlanden.

»Kommt Ihre Tochter?«, frage ich.

»Nächste Woche.«

Er deutet auf den Tisch, die Teller, die Kekse. Er sagt, er werde später abräumen, wir sollten uns keine Gedanken machen, und kehrt in seine Küche zurück.

Der Fürst folgt ihm mit den Augen.

»Sie wird nicht kommen. Es ist jedes Jahr das Gleiche, er wartet, und das ist alles.«

Wir essen die ganzen Süßigkeiten, die in der Dose sind. Baisers. Und dann die sehr süßen, mit Schokolade umhüllten Kugeln. Manche sind mit einer grünen Masse gefüllt, die an Marzipan erinnert, aber keines ist.

Wir stellen das Schachbrett zwischen die Teller und beginnen eine Partie. Wir können uns nicht konzentrieren.

»Sind Sie wirklich Lehrer?«, frage ich.

»Ja.«

»Was haben Sie unterrichtet?«

»Ein Fürst unterrichtet nicht. Dabei hätte ich es sehr gern getan, glauben Sie mir!«

Ich bewege meinen Läufer drei Felder weiter.

»Was tut man, wenn man ein Fürst ist?«

»Fürst und Erster des Namens? Man heiratet Erbinnen. Man macht ihnen Kinder, männliche, wenn möglich, damit sie ihrerseits Erben werden.«

Er nimmt seinen Turm.

»Hin und wieder gibt es eine Revolution, und man brennt unsere Schlösser nieder.«

Der Fürst sieht mich an.

»He, passen Sie auf, Sie werden verlieren.«

Er stellt seinen Turm hin.

»Dann kommt man nach Venedig und begegnet jungen Damen, die sich darüber freuen.«

»Das habe ich nicht gesagt.«

»Doch, das haben Sie.«

Ich spiele. Schlecht. Jetzt ist mein König in Gefahr.

»Das wird heute nichts«, sagt er.

Er schiebt das Schachbrett von sich weg.

Er nimmt die Tüte, die die Süßigkeiten enthielt, bläst sie auf und lässt sie platzen.

Dann sammelt er das ganze Papier ein und zeigt mir, wie man ohne Klebstoff und Schere eine Girlande macht. Einfach durch Falten. Ich habe zu viel getrunken, um zu begreifen. Er macht allein weiter. Dann wechselt er die Platte. Russische Gesänge. Er singt mit. Zu laut. Schlecht.

Als die Platte zu Ende ist, erzählt er mir von Sankt Petersburg. Vom Winter dort, wenn die Newa zufror. Er wird lebhafter. Er vermischt, was er erlebt und was man ihm erzählt hat. Das Schloss. Die Ländereien ringsum, so weitläufig, dass man tagelang galoppieren konnte, ohne anzuhalten.

»Ich bin ein entwurzelter Baum.«

Er schweigt. Sein Gesicht verschließt sich. Für einen Moment ist sein Blick wie abwesend.

»Fürst?«

Er schüttelt den Kopf.

»Fürst, warum haben Sie Venedig gewählt?«

Er fährt sich mit der Hand durch den Bart, mehrmals, dann nimmt er seine Girlande wieder auf.

»Wenn ich morgens aufwachte, sah ich die Pferde im Park. Durch das Fenster. Ich brauchte das Bett nicht zu verlassen. Aber das war in Berlin, nicht in Sankt Petersburg.«

Ich lege sanft meine Hand auf seinen Arm.

»Fürst ...«

Einen Augenblick ist sein Gesicht müde. Seine Finger bewegen sich nicht mehr. Die Papiere fallen auf den Tisch. Er schließt die Augen. Dann diese Worte, herausgestoßen:

»Weil nur Venedig mich über das hinwegtröstet, was ich wirklich bin.«

»Was sind Sie wirklich?«

Er lächelt.

»Ein Mann im Exil.«

Ich streichle seine Hand. Diese so alte Hand. Trocken. Wie vergessen auf der Girlande.

»Ich würde gern alles wissen, was Sie wissen.«

»Und was hätten Sie davon?«

»Ich würde mich stärker fühlen. Selbst bei *ihm* fehlen mir die Worte.«

Er wischt mit dem Arm durch die Luft.

»Sie messen dem zu viel Bedeutung zu.«

Er bastelt an seiner Girlande weiter, wofür er unsere Papierservietten benutzt. Sie in Fetzen zerreißt.

»Mein Gedächtnis ist so vollgestopft, dass ich nichts

mehr finde. Wollen Sie mir nicht helfen? Legen Sie Ihren Finger da drauf. Ja, danke, Sie können loslassen.«

Er sieht mich über seine Brille an.

»Glauben Sie mir, es ist einfacher, Ihr Gehirn zu füllen, als meins zu leeren.«

Er betrachtet seine Girlande.

»Luigi würde das niemals an seinen Baum hängen, nicht wahr?«

Und dann:

»Wir sind heute Abend ein bisschen traurig gewesen. Was würden Sie zu ein paar Kirschen sagen ...«

Er verschwindet in seinem Zimmer. Als er zurückkommt, hat er ein Glas zwischen seinen Knien. Darin liegen dunkle Früchte in einer goldenen Flüssigkeit.

»Und von Ihrem Buchhändler erzählen Sie mir nichts?«

»Es gibt nichts zu erzählen.«

Er wischt den Staub vom Deckel des Glases, zieht am Gummiband, und das Glas öffnet sich.

»Kosten Sie trotzdem.«

»Er ist in Salamanca gewesen.«

»Salamanca?«

»In Spanien. Er hat einen Kaffee auf einem Platz getrunken und Tauben gesehen ... Tauben oder Störche. Auf einem Dach ...«

»Ist das alles?«

»Ja.«

»Na so was.«

In diesem Ton.

Dieses lakonische *na so was.*

»Ich habe Lust bekommen hinzufahren.«

Wir essen die Früchte. Trinken den Alkohol aus Tassen. Das macht uns erst recht betrunken.

Am Ende sind wir so unglücklich, dass wir lachen müssen.

»Sie sind sternhagelvoll«, sagt der Fürst.

Schließlich schlafe ich am Tisch ein.

Als ich aufwache, bin ich allein. Die Girlanden hängen an den Armen des Kerzenleuchters.

Der Fürst ist in seinem Zimmer. Ich höre ihn rufen.

»Frohe Weihnachten! Frohe Weihnachten!«

Das Fenster steht weit offen. Als er mich sieht, winkt er mir. Ich gehe zu ihm. Undeutlich erkenne ich die Umrisse des Betts, das Sofa.

Mitternacht. Alle Glocken Venedigs beginnen zu läuten. Plötzlich hat es etwas Magisches. Dazustehen. Das zu hören.

Der Fürst öffnet seine Hand.

»Ich stelle Ihnen Leo vor«, sagt er.

»Leo?«

»Tolstoi!«

Er zeigt mir auf seiner Handfläche einen goldenen Skarabäus.

Dann bekomme ich so starke Kopfschmerzen, dass ich mich an nichts mehr erinnere.

Als ich am nächsten Morgen aufstehe, habe ich noch immer Kopfschmerzen. Ein furchtbarer Druck in meinem Schädel. Ich kann kaum sprechen.

Luigi hat seinen Dreimaster beendet. Er hat ihn unter den Weihnachtsbaum gelegt. Neben die anderen in farbiges Papier eingeschlagenen Geschenke.

Als Carla mein Gesicht sieht, lässt sie zwei Aspirin in meinen Kaffee gleiten.

»Trink!«

Valentino küsst sie. Sie scheinen sich versöhnt zu haben.

Von Weihnachten ist die Einsamkeit des Morgens nach dem Fest geblieben und dieses nasskalte Wetter, das Venedig im Griff hat. Ich möchte mich am liebsten in einen Karton sperren.

Draußen wird es immer kälter. Es heißt, diese Kälte sei schuld daran, dass in den Straßen Moskaus Menschen sterben.

Zehn Uhr. Die Geschäfte sind geschlossen. Ich gehe durch eine tote Stadt.

Schließlich nehme ich das Vaporetto bei San Zaccaria, Linie 1, und fahre den Canal Grande hinauf und wieder hinunter. Mehrmals. Mein Pauschalticket ist abgelaufen, niemand verlangt etwas von mir.

Im Florian. Unter dem Chinesen oder an einem anderen Platz. Irgendwo. Der Kellner serviert mir eine Schokolade in einer Porzellantasse. Dazu Kekse auf einer Platte, Rohrzucker. Ich trinke die Schokolade und stecke die Kekse in meine Tasche.

Ich schaue aus dem Fenster.

Ich kann nicht lange bleiben wegen des Andrangs der Leute, die auf einen Platz warten. Als hätte ganz Venedig sich heute hier verabredet.

Nachdem ich gegangen bin, kaufe ich einen Schal für den Fürsten. Ich lasse ihn in buntes Papier einschlagen und kehre zur Pension zurück, das Paket an mich gedrückt. Es ist dunkel. Kalt. Ich gehe schnell. Mit gesenktem Kopf.

Ich stoße auf einen Bettler, der in einem Durchgang sitzt. Mit dem Rücken an der Mauer. Aus der Ferne sieht er wie ein großer Sack aus.

Über ihm hängt ein Bild der Jungfrau, von einer Glasscheibe geschützt. Plastikblumen. Er streckt seine Hand nicht aus, vor ihm, zu seinen Füßen, steht einfach nur eine leere Schale.

»Sie können nicht hier sitzen bleiben«, sage ich.

Wegen der Feuchtigkeit, die vom Kanal aufsteigt. Der Kälte der Steine. Ich hole ihm einen heißen Kaffee aus einer Bar am Platz.

»Haben Sie keine Familie, jemanden, zu dem Sie gehen können?«

Er antwortet nicht.

Ich gebe ihm die Kekse.

Und auch den Schal. Ich helfe ihm, das Paket zu öffnen und ihn um seinen Hals zu knoten.

Er sieht mich an.

Ich bin nicht sicher, ob er mich sieht.

Ich setze meinen Weg fort.

Jetzt habe ich nichts mehr für den Fürsten. Ich kaufe eine Krippe und eine Tüte Vogelfutter.

Die Geschenke liegen noch immer unter dem Weihnachtsbaum. Die Schale ist leer. Es gibt keine Bonbons mehr.

Der Fürst ist nicht im Salon.

Ich gehe auf mein Zimmer. Meine Füße sind eiskalt. Ich presse sie gegen den Heizkörper. Als sie warm sind, ziehe ich meine Strümpfe wieder an und lege mich ins Bett. Ich schlafe eine Stunde.

Als ich mein Zimmer verlasse, sitzt der Fürst im Salon. Ich gebe ihm die Vogelkrippe. Die Körner.

»Das ist für Sie«, sage ich. »Sie können sie auf Ihrem Balkon aufhängen.«

Er dreht die Krippe mehrmals in seinen Händen hin und her, dann blickt er zu mir auf.

»Ich habe keinen Balkon, nur ein Fenster mit Gitterstäben.«

»Wäre Ihnen ein Schal lieber gewesen?«

»Ein Schal? Nein, die Krippe ist sehr schön.«

Er stellt sie auf den Tisch.

Mit der Spitze seines Messers öffnet er die Tüte, nimmt ein Korn heraus und zerbeißt es zwischen seinen Zähnen. Isst das Innere.

Ich tue es ihm gleich. Der Sonnenblumenkern ist trocken, ohne Geschmack. Als ich einen zweiten esse, finde ich ihn ölig.

Bald liegt ein ganzer Haufen leerer Schalen auf dem Tisch.

»Sind Ihre Beine wirklich tot?«, frage ich. »Lesen Sie deswegen so viel?«

Dann erzähle ich ihm von dem Bettler, von dem Bild der Jungfrau.

»Wo war das?«

»Ich weiß nicht mehr …«

»In welcher Straße, in welcher Passage?«

Ich öffne den Plan, zeige es ihm.

»Venedig ist ein Labyrinth, wenn man etwas sucht, findet man es nicht.«

Er isst noch immer seine Körner. Er lächelt.

»Es stimmt, Sie vergessen alles.«

Am nächsten Tag gehe ich den ganzen Weg zurück, vom Campo Santi Giovanni e Paolo zum Campo Santa Maria Formosa. Ich finde den Durchgang wieder, die Jungfrau mit dem Bettler.

Der Mann ist nicht mehr da. Nur seine Tüte und der alte Karton, auf dem er saß.

Ich schreibe ins Heft: »Jungfrau mit Bettler, Durchgang Campo S. Formosa.«

Ich zeichne sie, ein paar Bleistiftstriche. Ich zeichne auch die Mauer, die Blumen. Neben die Blumen schreibe ich »4 Blumen« und in Klammern »Sie sind aus Plastik«.

Ich mache ein Kreuz auf dem Plan.

Jetzt habe ich Worte und Farben in meinem Heft.

Die Woche zwischen Weihnachten und Neujahr. Ich esse nicht mehr. Oder sehr viel weniger.

Carla sagt zu mir: »Du isst weniger.«

Ich schreibe alles, was ich sehe, in mein Heft. Der Fürst sagt mir: »Wenn Ihr Heft voll ist, schenke ich Ihnen ein zweites.«

Ich habe ein Stück Mosaik in der Markuskirche gefunden, einen roten Splitter mit tief smaragdgrüner Marmorierung.

Der Fürst streckt mir die Hand entgegen.

»Geben Sie ihn mir?«

Er bringt ihn in sein Zimmer und legt ihn auf das Regalbrett zu all den Dingen, die ich für ihn aufhebe, meine Vaporettotickets, die runden Untersetzer, die Treibholzstücke.

In meinem Heft vermerke ich auch die Straßen, die Tische, die Aussichten, Campo San Stefano, Rialto, Zattere.

Ein dunkler Tag. Überhaupt keine Aussicht, eine Mauer.

Ich schreibe auf, was ich esse, geschmorten *bisato*, Polenta, *risotto con le secole*, *guazzetto*, Tagliolini mit Krabben, Zucchini, Gnocchi …

Nachmittags schlafe ich.

Abends unterhalten wir uns.

Nachts spielen wir.

Ich sehe Sie die ganze Woche nicht. Ich weiß nicht, ob Sie mir fehlen. Manchmal denke ich an Sie. Sie haben mir gesagt, eines Abends, eines Nachts würden wir in den Markusdom gehen, Sie würden ihn mir zeigen.

Ich gehe allein hin, suche den Geheimgang. Ich finde ihn nicht. Ich gehe wieder in Harry's Bar.

Freitag. Zehn Uhr. Ich überquere den Platz. Der Laden ist noch immer geschlossen. Ich sehe Licht oben drüber. Erleuchtete Fenster.

Ich schreibe Ihnen an jenem Abend. Einen Brief, den Sie nicht erhalten werden. Den ich mich nicht erinnere, verbrannt zu haben. Oder zerrissen.

Den ich mich nicht einmal erinnere, abgeschickt zu haben.

Ich erinnere mich nicht mehr an die Worte, nur daran, die ganze Zeit bei Ihnen gewesen zu sein.

Beim Aufwachen habe ich noch Tinte an den Fingern.

Carla sagt zu mir:

»Du hast auch auf den Lippen Tinte.«

Sie lächelt.

»Valentino und ich haben für ein kostümiertes Silvesteressen reserviert, willst du nicht mit uns kommen? Es findet in einem Palazzo am Canal Grande statt.«

»Der Fürst wird dann allein sein.«

»Er war auch vor dir allein.«

»Ich habe mich an ihn gewöhnt. Ich mag seine Gesellschaft.«

»Du kannst doch nicht so leben.«

»Wie leben?«

Carla schweigt einen Augenblick, dann sagt sie:

»Ich weiß nicht. Man könnte meinen, du lebst nicht im wirklichen Leben.«

31. Dezember. Luigis Tochter ist noch immer nicht gekommen. Die Geschenke sehen traurig aus unter dem Weihnachtsbaum.

Für Silvester hat Carla sich ein wunderschönes Kleid geliehen, mit einer schwarzen Halbmaske mit Feder, die den oberen Teil ihres Gesichts verdeckt. Valentino trägt einen weiten Umhang mit einem schwarzen Dreispitz.

Durch die Fensterfront sehe ich sie aus dem Haus kommen und durch den Garten gehen.

Ein ungewöhnliches Bild. Aus einer anderen Zeit.

Sie wirken glücklich.

Und doch wird Carla abreisen, nach Rom zurückkehren. Und das ist nicht alles, sie wird Valentino verlassen.

Luigi hat frische Nudeln in einer Sauce mit Rautenkraut und Garnelen zubereitet, und Doradenfilet, weiße Polenta und *bruscandoli*, Hopfensprossen.

Als Dessert gibt es Crêpes mit Marmelade.

Ich warte auf den Fürsten. Eine Viertelstunde. Eine halbe Stunde. Ich klopfe an seine Tür und öffne sie sacht einen Spalt.

»Fürst…«

Da sitzt er in seinem Rollstuhl, den Oberkörper über sein Wodkafläschchen gebeugt.

Beim Geräusch der Tür hebt er den Kopf. Nur den Kopf. Sein Blick ist wirr.

»Stimmung im Keller, Mädchen.«

Der Kopf fällt zurück.

Leise schließe ich die Tür.

Ich esse allein. Ohne Appetit.

Ich kann nicht einmal trinken. Ich zerdrücke die Polenta. Schlucke. Zwinge mich.

Nach dem Essen gehe ich hinaus. Begegne Leuten. Paaren. Männern ohne Begleitung mit großen Blumensträußen. Frauen. Unter den Mänteln die Schenkel der Frauen. Geschlitzte Kleider.

Es ist Nacht. Nur wenige Vaporetti sind unterwegs. Ich nehme das erste, das vorbeikommt. Rede mir ein, irgendwo hinzufahren, erwartet zu werden.

Eine Gondel folgt uns, schwarz auf dem noch schwärzeren Lagunenwasser. An Bord drei kostümierte Personen. Ein Mann. Zwei Frauen. Sie legen an den Stufen eines Palazzos an, in der Biegung gleich nach San Tomà. Die ganze Etage ist erhellt, wie auch andere, weiter entfernt. Auf dem Balkon Musiker. Geigen. Celli. Die Musik übertönt alle Geräusche, die des Vaporetto, die der Knallfrösche, die Schreie.

Die Straßen leeren sich. Nur noch ein paar verspätete Passanten sind unterwegs. Einsame Seelen. Man hätte sich verabreden können. Sie und ich. Am 31. Dezember um Mitternacht. Damit es etwas gibt.

Damit es diesen Augenblick gibt.

Ich betrachte das Wasser, strecke meine Hand aus. Sie ist kalt. Ich lecke die Innenseite. Hier hat es schon alles gegeben, Cholera, Malaria, die ersten Huren und die schönsten Spelunken.

Ein Mann verschwindet in einem Haustor. Ein anderer kommt eine Brücke herab, zu einem Mädchen, das ihn neben einer Laterne erwartet.

Ich setze mich auf die Stufen. Die Nacht ist schön. Kalt. Sternenklar. Ich schließe die Augen.

Ich erwarte nichts.

Ich würde gern entführt werden. Trevor hat es mir beim ersten Mal gesagt, *ich entführe Sie*, mit seiner heiseren Raucherstimme.

Niemand entführt mich. Man sieht mich an, weil ich allein bin. Weil ich mich treiben lasse.

In den Straßen begegnet man nie jemandem. An einem Silvesterabend ist es noch schlimmer.

Luigi hat die kleine Lampe im Salon angelassen. Der Fußboden knarrt. Ein Lichtstrahl dringt unter der Tür des Fürsten hervor. Ich drücke den Türgriff hinunter, öffne die Tür einen Spalt. Der Fürst schläft.

Im Licht sehe ich sein Gesicht. Die Fotos über seinem Bett. Ich nähere mich. Hinten auf dem des Mädchens mit der Pelzmütze lese ich: »Tatjana Dubrowna, Berlin, 1935.«

Ich ziehe meine Schuhe aus. Lege mich aufs Bett. Rolle mich zusammen, das Gesicht im Kissen vergraben.

Der Fürst dreht sich auf die andere Seite, ohne aufzuwachen.

Erster Januar. Carla ist nicht schlafen gegangen. Sie hat noch Wimperntusche unter den Augen, Spuren grauer Streifen.

»Gib mir deine Tasse.«

Sie schmiert meine Brote.

»Orange, Aprikose?«

Sie mag nicht mehr essen, aber sie sagt, dass sie den anderen gern beim Essen zuschaut.

Dass sie das nicht anekelt.

Ihre Beziehung zur Nahrung ist sehr schwierig geworden. Sie hat eine Waage unter dem Bett. Jeden Morgen wiegt sie sich. Notiert ihr Gewicht auf einem Blatt Papier. Es variiert kaum.

Manchmal hat sie Hunger. Sie isst nicht. Sie sagt, es sei wie ein innerer Krieg.

»Wenn ich zu großen Hunger habe, setze ich mich und warte, bis der Hunger sich beruhigt.«

»Ich esse selbst, wenn ich keinen Hunger habe.«

»Und du bringst was hinunter?«

»Ja.«

Sie sagt, dass sie abreisen will. Diese Stadt verlassen will. Dass sie sich nach Autos, Kinos sehnt. Nach Geräuschen.

Ich sehe sie an.

»Ich habe heute Nacht im Zimmer des Fürsten geschlafen.«

»Ich weiß.«

»Woher weißt du das?«

»Ich habe euch gesehen. Als ich zurückgekommen bin, habe ich dich gesucht.«

Ich beiße in mein Butterbrot.

»Hattest du einen schönen Abend?«

»O ja. Wir haben gelacht, getanzt. Alle waren kostümiert. In den Salons war es sehr schön. Selbst Valentino war glücklich.«

3. Januar an der Fondamenta Nuove. Das Meer schlägt gegen die Mauer. Über der Stadt der Himmel, weiß. Schwer von Schnee.

Die schwarzen Schatten der Pfähle im Wasser. Das Licht der Laternen.

Stille.

Der Nebel wird von Stunde zu Stunde dichter. Dicker. Das Wasser der Lagune wird milchig. Mittags können die Boote nicht mehr fahren. Sie bleiben am Kai.

Der Schnee lässt zwei Tage auf sich warten. Alle warten auf ihn. Ich mit ihnen, auf den hölzernen Pontons gegenüber Santa Maria della Salute. Es ist unmöglich, woanders hinzugehen. Etwas anderes zu tun.

Ich gehe an den Kais entlang, als die ersten Flocken zu fallen beginnen. Zuerst eine, dann eine zweite. Sie schmelzen. Die nächsten bleiben sehr schnell liegen, bedecken den Boden, die blauen Planen der Gondeln, die Dächer des Markusdoms.

Sie bedecken die goldene Kuppel ganz oben auf der Santa Maria della Salute.

Ich gehe im Schnee.

Wenn ich mich umdrehe, sehe ich meine Spuren.

Ich öffne den Mund, fange die Flocken mit den Zähnen. Den Lippen. Schlucke sie.

Der Schnee fällt in dichten Flocken auf die Fassaden. Er bleibt haften, löscht alle anderen Farben aus, ertränkt sie in einer einzigen.

Eine unbestimmte Farbe.

Rosa, weiß. Mauerfarbe. Eine helle Farbe, die kaum zittert, wenn sie das Wasser der Lagune berührt.

Der Schnee.

Die Flocken reiben aneinander in der Stille. Ihr Geräusch. Wenn sie sich berühren und wenn sie den Boden berühren.

Wie ein Murmeln. Ein Getuschel, das die ganze Stadt bedeckt. Von ihr hochsteigt.

Auf dem Platz sind keine Tauben mehr. Keine Touristen. Nur noch die Tische auf den Terrassen, das gelbe Plastik der Stühle. Alles ist schneebedeckt.

Die großen Bronzepferde.

Die Löwen. Die Kuppel. Wohin ich auch blicke.

Der Schnee.

Gesichter an den Fenstern des Caffè Quadri. Gestalten in den Türen der Geschäfte. Oben im Museum.

Überall Augen, die wieder Kinderaugen geworden sind. Gespreizte Finger an den Scheiben.

Ich habe nie gewollt, dass man mir den Schnee erklärt. Niemals zuhören, verstehen wollen.

Den Schnee kann man nicht erklären.

Ich steige auf den Campanile hinauf.

Ein Mann neben mir sagt: »Das werden wir nie mehr sehen. Niemals.«

Er hat recht.

Vermutlich.

Früher Nachmittag. Der leere Platz. Die Parrocchia di San Canciano, die Nervenheilanstalt ganz in Ihrer Nähe. Ein paar umherirrende Schatten.

Im Garten stehen Stühle.

Schnee auf den Tischen und auf den Armen der Statuen.

Im Hof ein Junge. Im Pullover. Eine Mütze tief ins Gesicht gezogen. Er geht um einen Baum herum. In seiner Hand ein kurzer Bindfaden, er misst den Umfang des Baums. Er macht das sehr sorgfältig. Gewissenhaft. Wenn er fertig ist, beginnt er von vorn.

Von Zeit zu Zeit bleibt er stehen und betrachtet den Himmel.

Der Garten ist schneebedeckt. Ebenso der Fischteich. Ich lasse meine Finger durch den Schnee gleiten, mache einen Haufen, eine Kugel. Als die Kugel rund ist, presse ich sie in meinen Händen fest zusammen und renne hinauf. Immer vier Stufen auf einmal. Ich drücke die Tür auf. Im Spiegel des Eingangs sehe ich mein Gesicht, die roten brennenden Wangen.

Der große Salon ist leer. Kein Geräusch. Ich durchquere ihn.

»Fürst?«

Ich klopfe und öffne die Tür seines Zimmers. Er sitzt reglos im Dunkeln vor dem weit offenen Fenster. Der Wind weht die Flocken herein. Sie machen den Boden feucht. Die Vorhänge. Die Vorderseite seiner Weste.

»Sind Sie verrückt?«

Ich schließe das Fenster, schiebe den Rollstuhl ganz dicht an die Heizung.

»So war es zu Hause, der gleiche Geruch. Im Winter gingen wir Schlittschuh laufen auf dem See.«

»Ist das ein Grund, sich den Tod zu holen?«

Ich öffne seinen Schrank und hole einen dicken Pullover heraus.

Ich kehre zu ihm zurück, mit dem Pullover in der Hand. Er starrt noch immer aus dem Fenster, auf den Himmel über den Dächern.

»In einem Geruch kann man einen Teil seiner Kindheit wiederfinden ... Das ist der Grund.«

Er lächelt mich an.

»Sogar den Tod.«

Ich sehe ihn an. Mit einem Mal ist mein Zorn verraucht.

»Kommen Sie, ziehen Sie sich um ...«

Er nickt.

»Was ist das?«

Er deutet auf den geschmolzenen Schneeball auf dem Fußboden.

»Ich wollte, dass Sie ihn berühren. Ich dachte nicht, dass ... Aber das ist jetzt nicht mehr wichtig.«

Ich helfe ihm, seine Jacke auszuziehen. Den Pullover anzuziehen. Ich lege die Jacke zum Trocknen neben die Heizung und wische den Boden mit einem Lappen trocken. Die Spur bleibt, etwas dunkler. Ins Holz eingedrungen.

Der Fürst drückt auf den Lichtschalter.

»Sehen Sie, der Strom ist wieder da! Wir werden Musik hören können. Die Callas, wir hatten es uns vorgenommen, erinnern Sie sich?«

Er nimmt zwei kleine Gläser aus seinem Wandschrank, holt das Fläschchen heraus.

»Wir haben uns eine kleine Stärkung verdient. Hier!«

Ich setze mich auf das Bett.

Trinke. Es ist wie ein Peitschenschlag ins Kreuz. Ein starkes Brennen.

Der Fürst lächelt.

»Das erste Glas, um sich zu wärmen, das zweite, weil es schmeckt.«

Er schenkt mir nach, sich ebenfalls.

»Carla fragt sich, warum ich so viel Zeit mit Ihnen verbringe. Sie sagt, Sie seien ein alter Lustmolch. Sie würden ihr zuschauen, wenn sie tanzt.«

»Carla ist ganz schön frech … aber sie ist schön. Was hat sie noch gesagt?«

»Dass Sie in Ihrer Geschichte mit Tatjana ganz jämmerlich versagt haben.«

»Hmm … Es ist gut, dass wir wieder Licht haben. Luigi wird die Girlande auf dem Weihnachtsbaum wieder für uns einschalten können. Sie mögen es, wenn die kleinen Lämpchen blinken, nicht wahr?«

Wir sitzen eine Weile stumm da, dann beugt der Fürst sich vor und berührt sanft meine Hand.

»Ich mag Ihre Gesellschaft. Durch Ihre Gegenwart halten Sie meine Hoffnung lebendig. Mein Verlangen.«

Im Zimmer ist es fast dunkel.

»Sie sollten Ihrem Schweigen dankbar sein. Dieser Fähigkeit, die Sie haben, nichts zu sagen.«

»Aber wenn ich bei ihm bin …«

»Sie erwarten zu viel von ihm.«

Er holt die Pfeife aus einer Tasche und zündet mit einem Streichholz den Tabak an.

»Sie dürfen nichts erwarten. Lassen Sie es geschehen.«

Neun Uhr am nächsten Morgen. Luigi kommt mit Brot und Croissants. Er stellt die Kaffeekanne auf den Tisch.

Carla liegt noch im Bett, mit Valentino. Ich beginne ohne sie zu frühstücken. Als sie aus dem Zimmer kommt, ist ihr Haar unordentlich, ihre Haut wie von innen verbrannt.

Wir reden über uns. Über den Fürsten. Über die Liebe.

»Hast du Kinder?«, fragt sie mich.

»Nein.«

»Hast du nie welche haben wollen?«

»Nein.«

»Vielleicht bist du nicht der richtigen Person begegnet ...«

»Vielleicht.«

Sie zerschneidet die Brotkrümel mit der Spitze ihres Messers.

»Nichts ist einfach.«

Sie sagt es, und ich nicke.

Sie zerschneidet noch immer ihre Krümel. Die kleinsten zerquetscht sie. Am Ende sieht es aus wie Staub auf dem Tisch. Sie bläst darüber, und er fliegt fort.

»Valentino hat mich gebeten, ihn zu heiraten.«

Sie trinkt einen Schluck Milch und behält die Tasse vor ihrem Gesicht.

Sie sieht mich mit großen Augen an.

»Was denkst du?«

Ich bin eine Eigenbrötlerin. Der schlimmsten Sorte. Ein Maulwurf. Eine Verhaltensgestörte. Ich brauche meine Höhle, mein Erdloch.

Ich schenke mir Kaffee nach, eine volle Tasse, führe sie an meine Lippen. Ich denke an Sie. Die Ehe hat nichts mit Liebe zu tun. Die Liebe ist woanders. Brutal. Verrückt. Außerhalb aller Logik.

Ich sehe sie an. Sie ist zu jung.

Auf absurde Weise zu jung.

Ich stelle meine Tasse ab.

Carla wartet.

Ich weiß nicht, was sie erwartet. Welche Worte. Welche Sätze.

»Heirate ihn, wenn du glaubst, dass das die Lösung ist.«

Das ist alles, was mir einfällt.

Sie hebt die Stirn. Trotzig.

»Ich liebe ihn…«

»Ja, dann…«

Ich antworte schroff. Etwas zu sehr vielleicht.

»Und du, hast du Trevor geliebt?«

»Lass Trevor aus dem Spiel.«

»Hättest du ihn geheiratet, wenn er dich gefragt hätte?«

Die Anlegestelle des Ospedale. Ich nehme das Boot, das um elf zur Insel Torcello fährt. Es fährt an den roten Mauern des Friedhofs vorbei. Strawinsky liegt hier begraben. Diaghilev auch. Carla sagt, ein Unbekannter habe einen Ballettschuh auf sein Grab gelegt. Dieser Schuh liege schon seit langem dort, ohne dass jemand ihn wegnimmt.

Das Boot fährt weiter. Zwischen den Inseln. Schnurstracks auf die offene See hinaus.

Murano, der Leuchtturm.

Burano, die bunten Häuser, blau, grün, gelb.

Torcello, Sie haben mir davon erzählt. Eine Insel aus Sümpfen, isoliert unter dem Schnee, ein verlassenes Stück Land. Ein paar Häuser, Boote im Schilf. Wie viele Personen leben hier noch? Wir steigen zu dritt aus. Ein einziger Weg für die ganze Insel. Nicht einmal ein Weg, lediglich ein Pfad, der von der Anlegestelle am Kanal entlang zu den wenigen Häuser etwas weiter entfernt führt.

Zur Rechten die Brücke des Teufels. Tropfen eisigen Wassers hängen an den Schilfblättern.

Die Erde ist gefroren, die Felder ringsum.

Ganz am Ende steht die Kirche, wie eine Festung im Wind. Die beiden Personen, die mit mir auf dem Boot waren, sind verschwunden. Die Insel ist in eine Atmosphäre der Einsamkeit, der Stille getaucht.

Der Stärke.

Die Kirche ist geschlossen. Im Schnee eine kaum sichtbare Spur, die Pfoten einer Katze. Ein Garten mit Statuen. Ein paar Weinstöcke.

Ich bleibe da.

Nehme in mich auf.

Die Zeit vergeht. Die Kälte wird beißend. Ich gehe den Pfad zurück.

Ich nehme das Abendboot. Hinter mir verschwinden die Insel, die Häuser, das Schilf.

Seit ein paar Tagen nimmt der Fürst es mit den Zeiten nicht mehr so genau. Wenn ich mich verspäte, sagt er nichts mehr. Er hat zwei Platten bekommen, zwei unterschiedliche Versionen des *Messias* von Händel. Er hört sie ununterbrochen.

Sogar Luigi hat sich verändert. Heute Morgen hat er gesagt, wir müssten die Pantoffeln nicht mehr unbedingt benutzen.

Wir könnten sie im Karton lassen.

Auch er zieht seine nicht mehr an, gleitet aber dennoch aus Gewohnheit über den Boden.

Der Fürst ist im Salon. Vertieft in Zeitschriften über alte Bücher.

»Erde von Torcello«, sage ich und öffne die Dose. Er legt seine Zeitschrift hin, nimmt die Dose, riecht an der Erde.

»Sie riecht gut«, sagt er.

Ich erzähle ihm von der Insel, von der Stille, die dort herrscht. Von Ihrem Wunsch, auf dieser Insel begraben zu werden.

Er zerkrümelt die Erde zwischen seinen Fingern, deutet zur Küche.

»Er ist merkwürdig, finden Sie nicht?«

»Wir sind alle merkwürdig, das ist der Einfluss von Venedig.«

Nach dem Abendessen sitzen wir wieder vor dem Schachbrett. Luigi bringt uns eine Thermosflasche kochend heißen Kaffee und zwei Tassen auf einem Tablett. Er stellt alles auf den Tisch und geht schlafen.

Wir spielen, eine Partie, die wir am Abend zuvor begonnen haben. Der Fürst ist in einer schlechten Position.

Er betrachtet seine Figuren.

Er macht seinen Zug, eine Rückzugsbewegung. Er wird verlieren. Er spürt es und schützt sich.

Mitternacht. Wir sitzen immer noch da in diesem merkwürdigen Zweikampf. Ich spüre eine Leere im Kopf. Der Fürst ist schlaflose Nächte gewohnt. Ich nicht.

»Ihr Buchhändler, Sie lieben ihn, nicht wahr?«

Er schüttelt den Kopf.

»Verzeihen Sie mir, ich bin ein alter Narr…«

Er zündet seine Pfeife an und lehnt sich in seinem Rollstuhl zurück, um zu rauchen.

»Ich habe dieses Gefühl vor langer Zeit gekannt.«

Ich spiele.

»B4. Sie sind in Gefahr.«

Er streckt die Hand aus. Sein Oberkörper ist über die Figuren gebeugt. Mit dem nächsten Zug wird er verlieren.

Lange sitzen wir da und sehen uns an.

Die Thermoskanne ist leer.

Der Fürst lächelt.

»Sie sollten sich einen Liebhaber suchen. Sie sind zu jung, um die Nächte mit einem alten Mann zu verbringen.«

»Sie sind kein alter Mann.«

Ich bewege meinen Läufer.

»Schach!«

Er betrachtet die Anordnung der Figuren. Lange. Geht alle möglichen Züge durch.

»Sehen Sie, wenn Sie wollen ...«

Er legt den König auf das Brett.

»Das passiert auch im Leben, wenn die Schlösser brennen.«

»Ihr König ist ein guter König gewesen, er hat sich gut benommen.«

»Sie haben recht ... Glauben Sie, dass in der Küche noch Brot ist?«

»Brot?«

»Mit Käse. Ich habe Hunger, Sie nicht?«

Es ist Mitternacht vorbei. Wir essen ohne Teller, legen einfach nur eine geöffnete Zeitung auf eine Ecke des Tisches.

Der Fürst blickt zum Fenster.

»Der fallende Schnee erinnert mich an meine Winter in Berlin.«

»Hat es dort viel geschneit?«

»Ja. Ich erinnere mich an einen alten Mann, der im Gartenhaus wohnte. Er war eine Art Faktotum. Manchmal bezahlte mein Vater ihn dafür, dass er russische Lieder bei uns zu Hause sang. Im Winter räumte er den Schnee um die Pferdekoppeln herum. Wenn es nicht schneite, bezahlte mein Vater ihn nicht, dann wartete er mit seiner Schaufel neben den Boxen. In einem Jahr ließ der Schnee auf sich warten. Er hatte Hunger. Eines Tages, ich war hinten im Hof, hat er mir mein Vesperbrot gestohlen. Ich erinnere mich an seinen Blick, als er mir das Brot aus den Fingern gerissen hat. Danach ist er nach Hause gegangen und wollte sich aufhängen. Er ist auf den Speicher gegangen, hat die Schnur um seinen Hals gelegt, und in dem Moment hat er durch die Dachluke die ersten Flocken fallen sehen.«

Der Fürst sieht mich an.

»Für uns Russen ist der Schnee nicht nur die Schönheit auf einer Landschaft. Er ist mit unserem Leben verbunden.«

In der Pension ist kein Geräusch zu hören. Luigi schläft. Carla und Valentino sind schon seit langem zurück. Sie haben den Fernseher in ihr Zimmer gezogen und sind eingeschlafen, ohne ihn auszuschalten.

Der Fürst dreht sich zu mir.

»Was machen Sie, wenn Sie draußen sind?«

»Manchmal betrachte ich in den Cafés die Leute, sie unterhalten sich. Ich frage mich, was sie sich die ganze Zeit zu sagen haben.«

Der Fürst lehnt den Kopf an die Rückenlehne seines Rollstuhls. Schließt einen Augenblick die Augen.

»Sie sollten schlafen gehen«, sage ich.

»Das ist die Erschöpfung. Aber ich kann nicht mehr schlafen.«

Seit ein paar Tagen akzeptiert er, dass ich seinen Rollstuhl schiebe.

»Ich hätte Ihnen früher begegnen sollen.«

Er nimmt meine Hand. Drückt sie mit seinen glühenden Fingern.

»Früher, das wäre zu früh gewesen.«

»Ich glaube, ich hätte gern einen Vater wie Sie gehabt.«

Der Fürst sieht mich bestürzt an.

»Das dürfen Sie nicht sagen.«

Er verbirgt sein Gesicht in seiner Hand.

»Was Sie sagen, tut zu weh.«

Er kommt ganz nah an mich heran.

»Lodja hat mir drei Söhne geschenkt, alle Prinzen von Geblüt. Ich sehe sie nie.«

Er spricht langsam.

»Einer ist immer noch in Berlin, er hat nach dem Krieg ein Vermögen mit Sanitäranlagen gemacht. Der Jüngste ist Musiker, Pianist wie meine Mutter. Sie haben Kinder, die ich nicht kenne.«

Er senkt den Kopf und betrachtet seine Hände.

»Ich bin nicht sicher, dass ich sie so geliebt habe, wie ich es hätte tun sollen.«

Er legt seine Hände nebeneinander auf seine gelähmten Beine.

»Erinnern Sie sich an den See, von dem ich Ihnen erzählt habe... Im Sommer tauchte ich dort mit Tatjana. Wir sahen uns die Häuser unter Wasser an. Die Wege, die kleine Kirche. Wir versuchten die Glocken zu bewegen, indem wir mit unseren Händen draufdrückten. Es war unmöglich. Wir blieben immer so lange wie möglich unten. Wir hätten sterben können. Wir wussten es. Wenn wir wieder auftauchten, waren wir völlig außer Atem. Wir legten uns ins Gras. Es dauerte minutenlang, bis wir wieder sprechen konnten... Einige Zeit später bin ich wieder getaucht, ohne sie. Ich wollte die Glocke zum Klingen bringen. Ich legte meine Hände darauf, wie ich es getan hatte, als sie dabei war, und drückte dagegen. Ich drückte dagegen, und die

Glocke bewegte sich. Der Balken war verfault. Er hat nachgegeben. Der Schlag hat mir das Kreuz gebrochen. Seitdem sind meine Beine gelähmt. Ein Fischer hat mich gerettet.«

Er blickt zu mir auf.

»Ich habe Sie angelogen. Ich bin nach Russland zurückgekehrt, vor fünfzehn Jahren. Ich bin hingefahren, um Tatjana wiederzusehen. Lodja wusste es. Ich habe ihr nie etwas verheimlicht. Ich bin frühmorgens in Sankt Petersburg angekommen und habe das Viertel wiedergefunden, in dem sie gelebt hatten, Häuser, die alle gleich aussahen, an der Straße, dahinter ein freies Gelände und eine große Chemiefabrik. Daneben der Friedhof. Er war zugleich ein Spielplatz für die Kinder. Ich habe ihr Haus gefunden. Meine Niania war gestorben, ihr Mann ebenfalls. Ich habe einem der Nachbarn Geld gegeben, damit er mir von ihnen erzählte. Und noch mehr Geld, damit er von Zeit zu Zeit Blumen auf ihr Grab legt. Er war ein sehr alter Mann, aber er erinnerte sich. Er hat mir erzählt, was er wusste. Ein arbeitsreiches Leben. Mühsam. Nichts Besonderes. Über Tatjana wusste er nichts. Sie war fortgegangen, das war alles. Lange vor dem Tod ihrer Eltern. Früher hat sie sie besucht. Allein. Jeden Sonntag. Nach ihrem Tod ist sie nicht mehr gekommen.«

Der Fürst schweigt. Das Atmen fällt ihm schwer. An seinem Blick erkenne ich, dass die Liebe, die er für Tatjana empfunden hat, nicht tot ist. Dass sie seine Geschichte ist, die einzige, und dass diese Geschichte sein ganzes Leben bestimmt hat.

Und ihn hierhergeführt hat, nach Venedig.

Ich denke an Trevor und an alle Männer, die ich geliebt habe.

Ich denke an Sie.

An diese Liebe, die Sie vermutlich nicht verstehen. Die Ihnen befremdlich vorkommt. Sie beunruhigt.

Ich gehe um den Tisch herum und nähere mich dem Fürsten. Ich knie vor ihm hin. Gehe ganz nah an ihn heran. Lege meinen Kopf auf seine Knie.

»Sie wissen, wo Tatjana ist, nicht wahr?«

Ich spüre, dass er zittert.

Nach einer langen Pause seine Stimme.

»Ich habe nach ihr gesucht, jahrelang. Jetzt habe ich keine Kraft mehr.«

Abgehackt, mit gebrochener Stimme.

»Und wenn ich nicht mehr will?«

Er schließt die Augen.

»Ich habe Angst, nicht mehr zu wollen.«

Ich stehe auf, nehme sein Gesicht in meine Hände und sehe ihn an. Blicke ihm in die Augen. Komme seiner Liebe ganz nah.

»Sagen Sie mir, wo Tatjana ist?«

Er schüttelt den Kopf. Und aus seinem trockenen Mund dringen die Worte, auf die ich gewartet habe.

»Sie ist hier … In einem Kloster.«

Als ich am nächsten Tag zu Ihrem Laden komme, sehe ich das Licht, den aufgezogenen Vorhang, den Hampelmann.

Und dahinter die Katze. Als ich die Tür öffne, Ihr Lächeln. Ihre Arme voller Bücher.

»Ich habe auf Sie gewartet.«

Wir setzen uns an den Tisch, und ich erzähle Ihnen die ganze lange Woche. Auch alles über den Fürsten.

»Ich glaube, ich werde Tatjana finden.«

»Sie finden …«

»Ja! Ich habe ein Foto und ihren Namen. Eine russische Nonne muss hier ja auffallen. Wissen Sie, ob es in Venedig Klöster gibt?«

»Klöster? Ja, natürlich gibt es welche …«

Sie ziehen ein Buch aus dem Regal, öffnen es.

»Darin müssten wir eine Liste finden. Ah, da ist sie ja.«

Sie diktieren, und ich schreibe alles in mein Heft. Dann nehmen Sie den Stift.

Istituto Artigianelli, an den Zattere. Dorsoduro.

La Casa Caburlotto, Santa Croce 316.

Istituto Ciliota, San Marco 2976.

San Giuseppe, Castello 5402.

La Casa Murialdo, Cannaregio 3512.

La Domus Civica, San Polo 3082.

Istituto Solesin, Dorsoduro.

Suore Mantellate, Castello (10 Calle Buccari Castello).

Es gibt noch mehr.

Auch auf den Inseln.

Als wir fertig sind, betrachten Sie die Liste.

»Wo wollen Sie anfangen?«

»Ich weiß nicht…«

Wir nehmen den Stadtplan und kreuzen die Orte an. Wenn wir keine genauen Adressen haben, kreisen wir die ungefähre Gegend ein. Am Ende haben wir ein Netz, das die ganze Stadt überzieht.

Sie sehen mich über Ihre Brille an.

»Wollen Sie sich das wirklich antun?«

»Ja… Warum?«

»Ich weiß nicht…«

Sie sitzen einen Augenblick stumm und nachdenklich da.

»Es ist ihr Leben… und außerdem haben sie sich so lange nicht gesehen.«

»Würden Sie es nicht machen?«

»Nein. Aber Sie werden wiederkommen und mir alles erzählen, nicht wahr?«

Mittags vor der Mission von San Francesco della Vigna. Eine Nonne räumt Schnee. Mit der Schaufel, die Ärmel hochgekrempelt. Ein schweres Kreuz hängt um ihren Hals. Bei jeder ihrer Bewegungen schlägt das Kreuz gegen ihren Bauch.

Hinter ihr an der Mauer ein Plakat: *Cosa hai fatto del tuo battesimo?* (Was hast du aus deiner Taufe gemacht?)

Als sie mich sieht, richtet sie sich auf und wischt sich mit dem Ärmel über die Stirn. Ich stelle mich vor und erkläre ihr, dass ich eine entfernte Verwandte von Tatjana aus Frankreich sei. Ich zeige ihr das Foto mit ihrem Namen auf der Rückseite.

»Tatjana Dubrowna…«

Sie schüttelt den Kopf. Ich streiche das Heim auf meiner Liste aus und suche weiter, den Kreuzen auf meinem Plan folgend. Überall die gleiche Antwort. Niemand kennt Tatjana.

Um fünf Uhr wird es dunkel. Die Klöster schließen. Ich beschließe, in die Pension zurückzukehren.

Als ich an Ihrem Laden vorbeikomme, bleibe ich stehen und blicke durch das Fenster. Es sind Kunden im Laden. Ich gehe trotzdem hinein. Wir wechseln ein paar Worte an der Tür.

Sie werfen einen Blick auf die Liste. Auf den Plan. Und dann auf mich.

»Alles in Ordnung?«

»Ja.«

»Kommen Sie morgen wieder, dann ist weniger los.«

57 kg heute Morgen auf Carlas Waage. Valentino ist beim Joggen. Carla sagt, dass er nicht vor Mittag zurückkommen wird. Luigi hat eine Eistorte für heute Abend gekauft. Sie ist für seine Tochter, sie kommt im Laufe des Tages. Die ganze Pension riecht nach Fleisch, Zwiebeln und Füllung.

Ich bleibe noch einen Augenblick mit Carla am Frühstückstisch sitzen. Dann gehen wir in den Salon. Carla zieht ihre Ballettschuhe an und beginnt mit ihren Streckübungen.

Als das Telefon klingelt, ist es bereits zehn. Luigi geht dran. Durch die Scheibe kann man sein Gesicht erkennen, seine Hand, die er an der Schürze abwischt. Man hört ihn sprechen, wenig, nicht sehr lange. Dann legt er auf. Absolute Stille in der Küche. Keine Bewegung. Nichts mehr.

Carla zuckt die Achseln.

»Das war seine Tochter, sie will, dass er die Pension verkauft. Dass er nach Turin zieht. Aber er will nicht.«

»Woher weißt du das?«

»Ich weiß es. Luigi ist nie auf dem Kontinent gewesen. Er geht nicht einmal auf die andere Seite des Canal Grande. Er ist von hier, aus dem Castello. Er kann nicht weggehen.«

Sie springt von einem Fuß auf den anderen, bückt sich und streckt sich wieder. Sie wiederholt es mehrere Male. Schweißtropfen treten auf ihre Stirn. Sie wischt sich das Gesicht mit dem Handtuch ab, zieht ihre Schuhe aus und wirft sie in die Kiste.

»Genug für heute.«

Sie setzt sich auf den Boden und massiert mit dem Daumen ihre Fußsohlen.

»Ich werde Valentino heiraten.«

Sie sagt es schnell, ohne mich anzusehen.

»Ich werde es tun, es ist besser, und ich werde mir die Haare schneiden lassen, sie sind zu lang.«

Dann plötzlich Schweigen zwischen uns.

Sie massiert sich weiter.

Ich betrachte durch das Fenster die Schönheit dieses Morgens, das Licht. Draußen hat es wieder zu schneien begonnen.

Carla steht auf.

»Außerdem kann man vom Tanzen nicht leben. Weißt du, was eine Tänzerin verdient?«

Sie sucht ihre Sachen zusammen und geht in ihr Zimmer zurück.

Ich betrete wieder den großen Salon. Das fahle Morgenlicht dringt durch die Fensterfront herein und verbreitet Farbflecken auf den Parkettleisten. Die Geschenke liegen nicht mehr unter dem Weihnachtsbaum. Ich setze mich auf die Bank.

Stille.

Einen Augenblick steht die Zeit hier still.

Abends esse ich mit dem Fürsten die Eistorte. Wir können so viel essen, wie wir wollen, denn sie ist groß, und wir sind nur zu zweit.

Es schlägt elf, als ich vor der Comunità di Betania stehe. Die Nonne hört mir kopfnickend zu, betrachtet das Foto, den Namen, *un momento*, geht wieder hinein und lässt mich auf der Türschwelle stehen.

Als sie zurückkommt, sagt sie, es täte ihr leid, niemand würde sie kennen. Sie betrachtet noch einmal das Foto. Das Gesicht kommt ihr bekannt vor. Zumindest glaubt sie es. Ja, sie ist sich sogar sicher.

»Eine russische Schwester.«

Aber sie erinnert sich nicht.

Sie sagt, sie bedaure, und gibt mir das Foto zurück.

Ich trinke einen Kaffee am Campo San Polo, einen zweiten bei San Tomà.

Nachmittags habe ich keine Adressen mehr auf meiner Liste.

Ich gehe zur Buchhandlung. Sie erwarten mich. Das sagen Sie zu mir, als ich hereinkomme.

»Ich habe Sie erwartet.«

Die Katze streckt sich auf dem Stuhl. Ihre Augen sehen aus, als seien sie aus Gold. Ich streichle sie mit einem Finger zwischen den Ohren, dort, wo das kurze Haar eine eigenartige Raute zeichnet.

Ich zeige Ihnen die Liste, all die durchgestrichenen Namen.

»Niemand kennt Tatjana. Das Foto ist zu alt. Vielleicht

hat sich der Fürst auch geirrt, oder sie ist tot, das wäre auch möglich.«

Sie suchen einen Zettel auf Ihrem Schreibtisch, ein gelbes Post-it mit Adressen drauf.

»Ich habe für Sie gearbeitet.«

Sie zeigen mir den Zettel.

»Ich bin beim Pfarrer von San Rocco gewesen und habe ihm von Ihrer Geschichte erzählt. Er hat mir die Namen von drei weiteren Klöstern gegeben. Das hier vor allem, ein Benediktinerinnenkloster im Castello. Die Nonnen, die dort wohnen, leben nicht völlig abgeschieden, außerhalb der Gebetszeiten kann man ihnen im Viertel begegnen. Eine von ihnen wird Ihnen vielleicht weiterhelfen können.«

Wir öffnen den Plan. Suchen. Als wir es gefunden haben, machen wir ein Kreuz.

Ich blicke auf meine Uhr.

»Ich werde morgen wieder vorbeikommen und Ihnen berichten.«

»Morgen ist Heilige Drei Könige, da habe ich geschlossen.«

»Dann also übermorgen.«

Am Abend nimmt der Fürst seine Tabletten zum ersten Mal vor mir. Kleine blaue und weiße Kapseln, die er mit etwas Wasser schluckt.

Nach dem Abendessen spricht er mit mir über den Tod. Er sagt, er sei darauf vorbereitet. Eines Tages werde er sich ins Bett legen, und das sei es dann.

Traurig sei nur der Gedanke, bestimmte Dinge nicht mehr sehen zu können. Und auch keine Musik mehr hören zu können.

Er sagt, er habe Angst vor der Langeweile. Die Langeweile lauere auf ihn und lasse alles sinnlos erscheinen.

Er zwingt sich, sich zu erinnern.

»Ich verstehe schon das Verlangen nicht mehr. Das, was Sie empfinden, habe ich vergessen.«

Er öffnet die Hand und zeigt mir Tolstoi.

»Wer wird sich um ihn kümmern? Man wird ihn in den Garten bringen müssen, aber im Garten wird er Angst haben. Er ist ihn nicht gewohnt.«

Er schließt die Hand.

»Wissen Sie, ich habe jetzt Vögel, die an mein Fenster zum Fressen kommen, eine Amsel und ein Spatz. Sie kommen am Morgen, sobald ich den Vorhang aufziehe.«

Er spricht nicht mehr über Tatjana. Er weiß, dass ich sie suche. Sogar zum Schachspielen hat er keine Lust mehr.

Manchmal schläft er, und ich wache bei ihm.

Wenn er besonders müde ist, bringt er die Geschichten durcheinander.

»Dieses Licht über Sankt Petersburg, wenn die Newa zugefroren war. Vom Gestüt aus konnte man über die ganze Stadt blicken.«

»Aber das Gestüt war doch gar nicht in Sankt Petersburg.«

»Sie haben recht… Ich habe das wohl durcheinandergebracht. Das Gestüt war in Berlin.«

Er lächelt verlegen.

»Ich hätte den nächsten Zug nehmen sollen. Verstehen Sie, an jenem Tag hätte ich sie wiedergefunden…«

Er kommt auf seine Geschichte zurück, nimmt sie wieder auf.

»Ich habe meine Kinder nicht genügend geliebt. Ich muss mich dieser Tatsache beugen.«

Ein nicht sehr überzeugendes Geständnis. Er nimmt den Kopf in seine Hände.

»So viele Dinge verstopfen mein Gedächtnis. Und Sie wollen alles lernen…«

Wir reden. Bis spät in die Nacht.

Manchmal kippt sein Kopf gegen die Rückenlehne des Rollstuhls. Wenn er aufwacht, findet er mich neben sich.

»Die Leute müssen erst sterben, damit man begreift, wie sehr man sie liebt. Das muss so sein. Dann hört man auf, Erwartungen an sie zu stellen, und die Dinge werden leichter.«

Und dann, nach einer langen Pause, nimmt er meine Hand.

»Wir erwarten zu viel von den Lebenden, glauben Sie nicht? Ich werde meinen Kindern vielleicht schreiben. Oder sie anrufen... Ich habe einen Bruder, wissen Sie, einen jüngeren Bruder, er ist nach Amerika ausgewandert. Er hat mich oft eingeladen, aber ich wollte nie den Ozean überqueren. Würden Sie es tun, den Ozean überqueren? Natürlich würden Sie... Wir könnten es zusammen tun. Oder nach Sankt Petersburg fahren. Stellen Sie sich nur vor, die Newa wiedersehen und den Winterpalast! Das Licht! Würden Sie das mit mir machen? Wir könnten weiterreisen, den Ort in Polen wiederfinden, diesen Straßenrand, an dem Tatjana geboren worden ist. Mit Ihnen müsste es doch möglich sein, nach Sankt Petersburg zu fahren und die Straße wiederzufinden?«

Er sieht mich an, ganz ernst plötzlich.

»Wir können das machen, nicht wahr?«

»Ja.«

»Das müssen wir feiern! Gehen Sie zu Luigi und sagen Sie ihm, er soll eine Flasche Champagner öffnen.«

»Es ist zwei Uhr morgens...«

»Na und?«

»Aber Fürst... Luigi schläft.«

Der Fürst sieht mich überrascht an, als könne er es nicht glauben.

»Nun, dann müssen Sie ihn eben wecken.«

E in einfacher Zettel über die Klingel geklebt: *Suore Domenicane*. Alle Notleidenden von Castello treffen sich hier, es ist zu einer Gewohnheit geworden. Sobald es richtig kalt wird, warten sie in dem Gässchen, und die Nonnen geben ihnen Suppe, Brot und warmen Kaffee.

Ich nähere mich. Eine hohe Mauer aus roten Ziegeln umgibt das Kloster. Unmöglich zu sehen, was auf der anderen Seite ist.

Ich gehe an der Mauer entlang, mehrmals, ein enges Gässchen zwischen hohen Gebäuden. Dann kehre ich zur Tür zurück.

Läute.

Eine Sprechanlage.

Ich erkläre mein Anliegen mit wenigen Worten, und die Tür öffnet sich. Dahinter befindet sich ein winziger Raum, auf der rechten Seite ein Schalter, geschützt durch eine Glasscheibe.

Hinter der Scheibe strickt eine Nonne.

Sie hört mir wortlos zu. Wirft einen Blick auf das Foto. Ich langweile sie sichtlich.

Sie greift zum Telefon und deutet auf den Stuhl hinter mir.

Ich warte. An der Wand kleben Papierschwalben. Die Wand ist weiß. Die Schwalben bunt. Eine Nonne geht hinaus, eine zweite. Niemand achtet auf mich.

Endlich das Geräusch von Schritten. Die Mutter Oberin, so stellt sie sich mir vor. Ich muss alles noch einmal erzählen, Worte finden, um die Sache zu erklären. Diesmal lüge ich nicht. Ich erzähle vom Fürsten, von Tatjana. Und ich zeige das Foto.

Die Mutter Oberin sieht mich mit undurchdringlichem Gesichtsausdruck an. Ich glaube nicht mehr an den Erfolg. Für einen Augenblick spüre ich, dass etwas in mir aufgibt.

Sie begleitet mich zur Tür. Will auf den Griff drücken. Hält inne.

»Kommen Sie Montag wieder.«

Sie sieht mich mit einem sanften, vertrauensvollen Blick an.

»Es ist die Stunde der Siesta, verstehen Sie … Und es ist Gebetstag.«

Sie öffnet die Tür und tritt beiseite, um mich hinauszulassen.

»Aber sie heißt nicht mehr Tatjana … Sie ist jetzt Schwester Angelina.«

Ich bin so glücklich, dass ich direkt zu Ihnen gehe. Als ich ankomme, ist der Laden geschlossen. Es ist Heilige Drei Könige, Sie hatten es mir gesagt.

Oben brennt Licht. Im Stock darüber. Helles Licht. Hinter allen Fenstern. Gäste.

Ich laufe im Viertel herum, trinke einen Kaffee in einer Bar. Eine Mücke fliegt um meine Tasse. Sie kommt ihr zu nahe. Ihre Flügel berühren die Flüssigkeit. Sie ertrinkt. Ich versuche, sie zu retten. Mit dem Löffel. Der Kaffee ist kochend heiß. Als ich die Mücke heraushole, ist sie tot.

Mir ist übel. Ich blicke durch das Fenster.

Die Übelkeit geht vorbei.

Draußen ist es bereits dunkel.

Ich gehe zu Ihrem Laden zurück, blicke hinein, die Bücher, der Schreibtisch. Im Stock darüber das Licht.

Ich denke an Ihre trockenen Lippen im Wein. Ich würde gern mit Ihnen trinken. Diesen Rausch kennenlernen.

Ich stehe noch da, als ich Stimmen und Schritte im Laden höre, das Geräusch eines Schlüssels, der sich dreht. Ich gehe über den Platz, verstecke mich gegenüber, im Schatten einer Mauer.

Die Tür öffnet sich. Ich sehe Sie, Sie stehen mit Freunden auf der Türschwelle.

Sie verabschieden sie.

Sie reden. Sie wirken glücklich.

Ihre Freunde entfernen sich, und ich sehe diese Frau neben Ihnen. Diese Frau, die keinen Mantel trägt und Ihren Arm hält. Sich an Sie schmiegt.

Ich sehe sie zum ersten Mal.

Ihre Freunde gehen.

Sie drehen sich um und winken Ihnen noch einmal. Ihr und Ihnen. Sie verschwinden.

Noch ein Lachen in der Ferne, dann nichts mehr. Venedig verschluckt sie. Die Stille kehrt auf den Platz zurück.

Sie sind jetzt allein mit der Frau, die keinen Mantel trägt. Allein auf der Türschwelle, Sie blicken in die Nacht hinaus.

Ich mache einen Schritt. Einen kleinen. Nichts. Ich möchte Ihnen nur kurz von Tatjana berichten.

Es Ihnen sagen.

Nur eine Bewegung.

Sie sehen mich. Nur Sie. Ihr Gesichtsausdruck ändert sich.

Sie hören auf zu lächeln.

Sie zögern und machen Ihrerseits einen Schritt.

Ich bin mir sicher.

Dieses Schritts. Aber Sie kommen nicht.

Sie drehen sich um und schließen die Tür hinter Ihnen.

Oben wird bereits ein Vorhang zugezogen. Ein zweiter.

Nach und nach gehen alle Lichter in der Wohnung aus.

Am nächsten Tag gehe ich wieder in Harry's Bar. Noch bevor ich Sie sehe, weiß ich, dass Sie da sind. Schon als ich eintrete. Sie sitzen auf einem der hohen Barhocker. Auf demselben Platz.

Ich nähere mich, setze mich neben Sie. Ganz dicht. So dass ich Sie spüre.

Ich bestelle einen Cognac.

Ich erwärme den Alkohol in meinen Händen.

Sie sitzen stumm da. Ihre Hände wie einen Schraubstock um Ihr Glas gepresst.

»Tun Sie das nie wieder.«

Ihre Finger werden weiß.

»Nie mehr was?«

»Einfach so zu kommen, nachts.«

Der Cognac rinnt brennend in meine Kehle.

»Ich habe Tatjana gefunden. Ich wollte es Ihnen sagen.«

Sie antworten nicht.

Sie ziehen eine Zigarette aus Ihrem Päckchen, zünden sie an. Ihre Bewegungen sind langsam, unglaublich schwerfällig. Sie berühren Ihre Lippen mit dem Daumen, mehrmals.

»Sind Sie mir böse?«, frage ich.

»Ich weiß nicht.«

Ich begegne Ihrem Blick. Für einen Augenblick Sie, ganz unverstellt.

Sie sagen:

»Nein, ich bin Ihnen nicht böse.«

Sie trinken Ihr Glas aus. Bestellen ein zweites. Ein zweites auch für mich. Und Sie legen Ihre Zigarette zwischen uns.

»Und was ist mit Tatjana?«

»Sie lebt im Kloster der Dominikanerinnen. Im Castello. Nicht weit von der Pension entfernt.«

»Haben Sie mit ihr gesprochen?«

»Nein. Ich kann sie am Montag sehen.«

Sie lassen Ihre Hand über das Leder des Hockers gleiten. Zarte, fast weiße Hände.

Sie wirken müde.

Ich denke an die anderen Männer, die anderen Hände.

Seit zwei Wochen kennen wir uns jetzt.

Kenne ich Sie tief in mir wie eine Ewigkeit.

Ihre Gesten, Ihr Lächeln.

Sogar Ihren Geruch.

Hinter den Fenstern wird es Nacht.

Ein Paar kommt herein. Sie wählen einen Tisch etwas abseits hinten im Raum. Sie unterhalten sich. Dann fassen sie sich bei den Händen. Machen diese einfache Geste. Ich beobachte sie. Sie beobachten sie ebenfalls. Es ist unmöglich, es nicht zu tun.

Sie nehmen Ihr Handy und rufen bei sich zu Hause an. Sie sagen, dass Sie sich verspäten werden. Dass man nicht auf Sie warten solle.

Ohne weitere Erklärung.

Dann drehen Sie sich zu mir.

»Gehen wir irgendwo essen?«

So geht es weiter, Sie und ich, genau so. In einem Restaurant am Canal Grande.

Ein Tisch an der Wand, etwas abseits. Ich bestelle *spaghetti alla sepia*. Sie erklären mir, die Tintenfische würden an den verschmutztesten Stellen der Lagune gefischt. Ihr Fleisch sei mit Zyanid verseucht.

Das müsse man wissen, bevor man sie esse.

Ich nehme sie trotzdem.

Sie sagen:

»Beim Dessert müssen wir uns duzen.«

Erst beim Dessert.

Ich nicke.

Wir sehen uns über unsere Gläser hinweg an und danach über unsere Gabeln.

»Haben Sie immer inmitten der Bücher gelebt?«

»Ja, immer.«

»Und wenn es keine Bücher gibt?«

»Es gibt Zeit, die man mir entreißt, Zeit, die ich verliere. Ich versuche zu kämpfen…«

Sie lächeln tapfer.

»Aber ich bemühe mich, jeden Tag mein Stückchen Glück zu bekommen.«

Sie sehen mich an.

»Ist Ihnen kalt?«

»Nein.«

»Sie zittern.«

»Das ist Venedig, all dieses Wasser …«

Wir sprechen über Venedig, über diese Stadt, die Sie über alles lieben.

»Am Anfang kann die Stille in Venedig einen verrückt machen.«

Wir sprechen über den Fürsten, über Tatjana, über ihre Liebe.

Man bringt uns das Dessert, Früchte mit Nougat, Eis und Dachziegeln aus Biscuit.

Wir duzen uns nicht.

Draußen ist es dunkel. Ich kann Sie nicht verlassen.

Noch nicht.

Nicht schon.

»Ich würde gern zum Bahnhof gehen, diesen Ort aus Gleisen und Lagune sehen, wissen Sie, wenn der Zug sich entfernt, es sieht aus, als führe er auf dem Wasser.«

Sie sehen mich an. Die Spannung zwischen uns wird furchtbar.

»Den Bahnhof sehen? In der Nacht?«

Sie sagen: »Ja, das ist möglich, es ist nicht weit.«

Und dann, kaum hörbar:

»Ich möchte Sie zur Pension begleiten.«

Ich will lieben. Das noch einmal empfinden. Mit Ihnen, als sollte es das letzte Mal sein.

In der Dunkelheit brennen alle Laternen. Sie erhellen die Straßen, die Plätze. Ich gehe neben Ihnen. Ganz dicht. Manchmal berührt Ihr Arm meinen. Das genügt. Das genügt vollkommen.

Campo Santi Giovanni e Paolo, der Kanal ganz in der Nähe. Wir gehen langsamer. Es ist fast nicht möglich, noch langsamer zu gehen. Es sei denn, man bleibt stehen.

Wir könnten stehen bleiben.

Wir tun es nicht.

Wir gehen weiter.

»Es ist dort«, sage ich.

Die Tür. Der Schlüssel. Ich möchte Sie nicht verlassen.

Ich weiß es.

Sie wissen es auch.

Diese Sehnsucht nach Ihnen.

Ich glaube, Sie wollen es auch.

In diesem Augenblick wollen Sie es, ja. Sie sehen mich an und sagen ja. Ich sehe in Ihrem Blick den Moment, in dem das geschieht.

In dem Sie das akzeptieren.

Sie machen einen Schritt auf mich zu. Einen Moment berühren sich unsere Hände ganz leicht. Ich drehe den Schlüssel, drücke die Tür auf.

Die kleine Lampe brennt oben hinter der Fensterfront. Sie ist das einzige Licht. Der ganze Rest des Gartens ist in Dunkelheit getaucht.

Ich spüre Ihre Gegenwart. Hinter mir. Fast an mir. Ich will Sie sehen. Ihr Gesicht sehen. Ihre Augen in diesem Augenblick.

Ihnen gegenüberstehen.

Ich drehe mich um. Langsam.

Ich strecke die Hand aus. Und dann sehe ich diesen Schatten hinter Ihnen.

Eine Stimme von der Straße her. Aus meinem Bauch oder anderswoher, das ist ohne Bedeutung.

Die Stimme sagt Ihren Namen.

Ein Schatten. Eine Hand.

Es ist Ihr Freund, einer von denen, die an dem Abend vor Ihrem Laden standen. Am Heilige Drei Könige Abend.

Egal, welcher.

Ein Freund.

Er spricht Sie an, und Sie hören ihm zu, und ich weiß, es ist vorbei.

Ihre Augen, Ihre Hände, einen Augenblick hilflos.

»Ich begleite dich nach Hause.«

Sagt er.

Er besteht darauf und fasst Sie am Arm, sachte zieht er Sie mit sich.

Sie entfernen sich bereits, verlassen den Garten, machen diesen Schritt, der Sie auf die Straße zurückbringt.

Zu ihm. Zu Ihnen.

Zu der Frau ohne Mantel.

Ihr Freund lächelt. Er dreht sich um. Für einen Augenblick begegne ich seinem Blick. Ich mache keine Handbewegung. Was hat er begriffen? Was weiß er von uns? Ich glaube, dass ich kein Wort sage.

Ich sehe Ihnen nach, an die Tür gedrückt. Bis Sie verschwunden sind.

Und die Straße ihr Leben ohne Sie wieder aufgenommen hat.

Ich warte auf Sie. Lange danach. Ich denke, Sie werden zurückkommen. Ich bin dessen sicher.

Im Garten esse ich den Schnee, so wie ich als Kind Kreide aß. Um mich zu erbrechen.

Mein Inneres zu entleeren.

Ich warte selbst dann noch auf Sie, als ich weiß, dass Sie nicht zurückkommen werden.

Später, im Bett, zusammengerollt, warte ich noch immer auf Sie.

Ich höre den Fürsten hinter der Tür. Ich höre ihn klopfen. Leise rufen.

Und dann sich entfernen.

Zurückkommen.

Ich höre ihn atmen.

Ich verbringe den Abend an den Heizkörper gedrückt. Ich werde einfach nicht warm. Ich fülle das Waschbecken mit kochend heißem Wasser, tauche meine Füße hinein. Die Hände. Die Wärme kehrt zurück. Aber nicht für lange. Ich gehe wieder zum Heizkörper.

Die Nacht nimmt kein Ende.

Ich kann nicht einmal weinen.

Der Fürst sieht mich aus meinem Zimmer kommen. Als er meine Augen sieht, versucht er sein Bestes.

»Ich habe Besuch gehabt, zwei neue Spatzen. Ich frage mich, woher sie wissen, dass an meinem Fenster eine Vogelkrippe hängt. Die Vögel sind geheimnisvolle Wesen, nicht wahr?«

Er deutet auf die Flasche.

»Das vertreibt Kummer und Sorgen.«

Er schenkt mir Wein ein.

»Trinken Sie!«

»Ich möchte nicht.«

Er lächelt.

»Tatjana war wie Sie, immer Widerworte, der gleiche Eigensinn.«

Er sagt Tatjana.

Er tut es für mich, der Name, Tatjana, auf diese Weise ausgesprochen.

Er reicht mir mein Glas.

»Der Wein ist das Mittel par excellence gegen Kummer und Sorgen. Man lehnt ihn nicht ab. Es heißt, selbst die Götter trinken ihn an Tagen tiefer Verzweiflung. Schließen Sie die Augen. Wie ich es Ihnen beigebracht habe, ja, so ist es gut. Lassen Sie sich tragen, der Wein besorgt den Rest.«

Ich nehme den Wein in meinen Mund. Ein Geschmack

nach Blüten, Zweigen. Ich behalte ihn einen Augenblick auf der Zunge und lasse ihn fließen.

Der Fürst sieht mich unverwandt an. Meine Augen. Diesen maßlosen Kummer.

»Ich könnte diesen Manzoni eigenhändig dafür töten, dass er Ihnen das angetan hat.«

Ich bleibe stumm. Auch er trinkt einen Schluck Wein.

»Die Liebe ist das Brutalste, was es gibt. Eine Urgewalt. Man müsste sich gegen sie schützen können, nicht wahr?«

Er betrachtet den Wein in seinem Glas.

»Den ersten Kuss habe ich Tatjana auf dem Grund des Sees gegeben. Mein ganzes Leben werde ich mich an dieses Glück erinnern. Wir hatten Blumen gepflückt auf den Feldern ringsum, jeder einen Strauß. Wir sind mit ihnen getaucht und haben sie unter Wasser losgelassen. An dem Tag haben wir uns zum ersten Mal geküsst… Inmitten der im Wasser treibenden Blumen. Dann ist es Winter geworden, der See ist zugefroren, und wir sind auf ihm gelaufen. Wir haben uns hingelegt, wollten das Dorf durch das Eis sehen. Es war unmöglich. Dann haben wir das Eis mit heftigen Steinschlägen aufgebrochen, aber das Wasser war zu kalt, wir haben uns nicht getraut zu tauchen.«

Er wendet den Kopf ab.

»Man muss lernen, sich zu verzeihen, nur dann kann man leben.«

Am nächsten Morgen sehe ich Carla wieder. Sie trägt einen Pullover, dunkle Jeans und Turnschuhe. Ihr Haar ist zerzaust. Wie nicht frisiert.

Sie setzt sich.

Nimmt einen Zwieback und bestreicht ihn mit einer dünnen Schicht Marmelade.

»Ich will Valentino nicht heiraten.«

Sie zwingt sich zu einem Lächeln.

»Ich dachte, ich könnte es …«

Sie legt den Zwieback hin. Sieht mich an.

»Wie machen es die anderen, die, die immer lieben?«

Ihre Stimme ist heiser, kaum hörbar.

Unendlich traurig plötzlich.

Luigi hat den Dreimaster in den großen Mülleimer am Eingang geworfen, die Burg obendrauf. Zerschmettert.

Außerdem hat er die Modelle weggeschmissen und seine Pantoffeln. Seine und die im Karton.

Jetzt ist der Karton leer und dient als Papierkorb.

Am nächsten Morgen beim Frühstück ist Carla nicht mehr da. Auf dem Tisch steht ihre Tasse. Ein Rest Kaffee.

Ein doppelt gefaltetes Blatt Papier unter meiner Serviette. *Ich nehme den Zug um zehn Uhr. Komm in die Vorstellung in Paris.*

Zwei Karten im Umschlag.

Es ist kurz nach neun. Wenn ich laufe, bekomme ich noch das Vaporetto am Ospedale und schaffe es rechtzeitig zum Bahnhof. Es ist Wochentag. Die Fahrt zieht sich in die Länge, da viele Fahrgäste aus- und zusteigen. Als ich am Bahnhof ankomme, ist es fast zehn.

Die Bahnhofshalle ist voller Menschen, auch auf den Bahnsteigen drängen sie sich, warten, steigen ein. Der Zug nach Rom ist der Letzte, ganz am Ende. Ich laufe den Bahnsteig entlang, an den hinteren Wagen vorbei zu den vorderen, versuche, ins Innere zu sehen. Ich laufe hin und zurück.

Und dann sehe ich sie, ganz allein in ihrem noch leeren Abteil. Reglos. Ihren großen bunten Schal um den Hals gewickelt. Ich klopfe mit der Hand an die Wagenscheibe. Einmal genügt.

Carla dreht den Kopf. Als sie mich sieht, steht sie auf, schiebt das Fenster herunter und nimmt meine Hände.

»Ich hab versucht, dich heute Morgen zu wecken, aber du hast geschlafen. Ich kann nicht mehr bleiben, verstehst du, ich kann nicht mehr... Du wirst in die Vorstellung kommen in Paris?«

»Ich werde kommen.«

»Versprochen?«

»Versprochen.«

Sie lächelt, strahlend.

»Ich will tanzen, weißt du, nur tanzen. Sonst gar nichts. Und du, was wirst du machen?«

»Ich weiß nicht, ich werde nach Hause fahren.«

»Nach Frankreich?«

»Ja.«

Auf dem Bahnsteig pfeift der Bahnhofsvorsteher. Hinter mir rennt jemand vorbei. Gleich darauf schließen sich die Türen.

»Wir fahren!«

Der Zug setzt sich in Bewegung. Ich gehe neben dem Waggon her.

»Und Tatjana, hast du sie gefunden?«

»Ich werde sie heute Nachmittag in ihrem Kloster treffen.«

Ich muss laufen.

»Und Valentino?«

»Ich weiß nicht... Ich glaube, es ist aus... Schickst du mir deine Adresse?«

»Ich schicke sie dir.«

Der Zug fährt zu schnell, wir müssen uns loslassen.

Ich höre Carla rufen:

»Und dein Buchhändler?«

Und dann:

»Sei glücklich!«

Sie streckt ihre Hand aus. Ein letztes Winken.

»Du auch, Carla.«

Sie wird es sein. Wenn ich ihr strahlendes Gesicht am Fenster sehe, bin ich mir dessen sicher. Ich gehe bis zum Ende des Bahnsteigs.

Der Zug entfernt sich.

Ich sehe ihm nach.

Mittags bringe ich nichts hinunter. Nur einen Kaffee am Campo Santi Apostoli. Danach setze ich mich in ein Kino. Ich bummle noch ein bisschen herum, dann gehe ich zum Kloster.

Ich läute.

Die Nonne hinter der Glasscheibe döst vor sich hin. Erklärungen sind nicht nötig. Sie erkennt mich.

»Un momento ...«

Sie greift nach dem Telefon. Ein paar Minuten später höre ich Schritte im Flur.

Es ist Tatjana. Ich bin sicher, dass sie es ist. Sie ist nicht tot, sie ist nicht verrückt. Sie ist nur eine alte Dame geworden.

Eine sehr alte Dame mit großen Kinderaugen. Ein sanftes, unendlich strahlendes Gesicht.

Sie trägt die weiße Ordenstracht. Strümpfe, Söckchen und einen langen Rosenkranz an ihrem Gürtel. Ein grauer Schleier bedeckt ihr Haar.

»Tatjana ...?«

Sie nähert sich. Lächelt sanft.

»Es ist lange her, dass man mich so genannt hat.«

Und dann:

»Kommen Sie.«

Ich folge ihr durch einen langen Gang. Ein paar Sessel. Eine Kapelle. Am Ende des Gangs eine Glastür, die nach draußen führt. Tatjana schließt einen nach dem andern die Knöpfe ihrer Weste und drückt die Tür auf.

»Das ist unser Garten.«

Sie geht mit kleinen Schritten den Kiesweg zwischen den Bäumen entlang.

»Jetzt ist Winter, aber im Frühling ist dieser Garten einer der schönsten in Venedig.«

Sie spricht Französisch, gewissenhaft und präzise, mit einer alten, fast altmodischen Höflichkeit.

Sie deutet auf einen Olivenbaum neben dem Brunnen.

»Im letzten Sommer ist alles erfroren. Unsere Bäume sind tot.«

Sie deutet auf einen anderen, in einer besser geschützten Ecke der Mauer.

»Der hier hat überlebt, als Einziger.«

Ein Laubengang.

Eine Glyzinie.

»Im Sommer wachsen die Blumen in Trauben, die bis zum Boden hängen. Wir haben Hortensien, Geranien, Petunien, auch Margeriten.«

Sie sieht mich an.

»Sie müssen im Frühling wiederkommen.«

Am Fuß eines Baums büschelweise Schneeglöckchen, durch die Kälte vertrocknete Blumenhalme. An den schattigsten Stellen liegt noch Schnee.

Kleine Mäuerchen aus gehauenem Stein halten die Erde zurück. Bei starken Regenfällen hindern sie das Wasser daran, alles fortzuspülen. Tatjana deutet auf einen Durchgang, auf ein Gebäude auf der anderen Seite der Hecke.

»Das ist ein Nebengebäude, dort bringen wir bedürftige Gäste unter. Sie haben Zugang zu unserem Garten.«

Der Garten geht auf den Kanal hinaus.

Eine Nonne läuft hinter den Bäumen vorbei. Ein stummer weißer Schatten.

Zu unseren Füßen wachsen Erdbeerpflänzchen. Rosenstöcke.

»Das reinste Paradies.«

Sie lächelt.

»*Il paradiso è più grande, più bello.*« (Das Paradies ist größer, schöner.)

Neben dem Eingang steht ein Tisch mit Stühlen. Daneben ein Brunnen mit eigenartigen Tierskulpturen.

Nachdenklich wendet sie sich dorthin.

»Dann ist er also hier.«

Sie nimmt mich am Arm und führt mich in einen versteckten Winkel des Gartens. Die Mariengrotte.

Eine Jungfrau mit Engeln, Blumen. In Beton eingelassene Muscheln. Ein Becken. Wasser.

Tatjana bekreuzigt sich und bleibt vor der Jungfrau stehen, eine Hand auf dem Becken.

»Erzählen Sie mir von ihm.«

»Er lebt in einer Pension in der Nähe, im Castello.«

Sie schweigt.

Dann nur:

»Wie geht es ihm?«

»Er ist alt. Er wird sterben.«

Ich kehre zu den Kais der Fondamenta Nuove zurück. Es ist stürmisch, die Boote haben mit dem hohen Wellengang in der Lagune zu kämpfen. Sogar das Gehen fällt schwer.

Ich kehre zur Pension zurück. Valentino sitzt im Garten auf einer Bank, mit den Katzen. Es ist das erste Mal, dass ich ihn außerhalb von Luigis Pension sehe.

»Darf ich mich setzen?«, frage ich und bleibe neben der Bank stehen.

Er antwortet nicht. Macht einfach nur eine Handbewegung.

»Sie ist abgereist«, sagt er.

Er holt Wasser am Springbrunnen. Füllt einen Napf. Stellt ihn vor sich zwischen die Katzen.

»Ich habe Tatjana gefunden.«

Ich erzähle ihm die Geschichte. Alles, was ich über sie weiß, über ihre Liebe zum Fürsten und die Nächte, in denen sie heimlich lesen gelernt hat.

»Tatjana ist vor zehn Jahren hergekommen. Durch Zufall. Und sie ist geblieben, um sich um die Notleidenden zu kümmern. Sie sagt, dass es viele gibt. Tagsüber kommen sie nicht heraus. Nur nachts. Ihretwegen ist sie hier. Die Schwächsten bringt sie ins Nebengebäude und sorgt für sie.«

Ich drehe mich zu Valentino.

»Morgen brauche ich Hilfe, um den Fürsten herunterzubringen.«

»Den Fürsten herunterbringen?«

»Tatjana wird um zwei Uhr an den Kais der Fondamenta Nuove sein.«

»Warum kommt sie nicht in die Pension?«

»Jeder muss ein Stück Weg gehen. Du wirst mir helfen, nicht wahr?«

Die Katzen haben keinen Durst. Manche putzen sich vor uns. Andere entfernen sich. Eine nähert sich vertraulich und reibt sich an Valentinos Beinen.

»Wir bringen den Fürsten herunter und gehen mit ihm dorthin. Durch die Calle delle Cappuccine. Da gibt es keine Brücken.«

Valentino nimmt die Katze hoch und setzt sie auf seine Knie. Es ist ein Weibchen mit kleinem Kopf, bis auf die Knochen abgemagert. Er streichelt das Tier. Lange.

»Und wenn er nicht will?«

»Dann gehe ich allein hin und erkläre es Tatjana.«

Im Salon wartet der Fürst auf mich. Als er mich sieht, begreift er. Sofort. Er sieht es an meinem Gesicht.

Er deutet auf den Stuhl neben sich.

Ich erzähle ihm von meinem Besuch, vom Garten. Als ich fertig bin, sehe ich ihn an. Seine Augen sind feucht. Leuchten eigenartig.

»Sie will Sie wiedersehen ...«

Am Abend kommt er nicht zum Essen. Bleibt in seinem Zimmer.

Ich esse allein. Als ich fertig bin, gehe ich zu seiner Tür. Ich höre nichts, nicht einmal Musik.

Ich gehe nicht hinein.

Am nächsten Tag ist der Fürst schon lange vor der Zeit fertig. Er trägt einen weiten Mantel und einen Schal um den Hals. Unter dem Mantel die marineblaue Jacke.

Valentino wartet auf uns. Luigi ebenfalls. Er öffnet die Tür. Der Fürst rollt zum Treppenabsatz. Zu dritt nehmen wir den Rollstuhl und heben ihn hoch. Tragen ihn hinunter. Langsam, eine Stufe nach der anderen. Valentino hält ihn vorne fest. Hindert den Rollstuhl daran umzukippen.

Als wir den ersten Treppenabsatz erreichen, machen wir eine kurze Pause, um zu verschnaufen. Dann gehen wir weiter, Stufe um Stufe. Bis zur letzten.

Meine Hände brennen.

Der Fürst sagt nichts.

Erst als wir in den Garten kommen, blickt er sich um.

»Wie schön es hier ist.«

Wir schieben ihn über die Allee zum Tor. Die Straße kennt er. Von oben. Durch sein Fenster. Er hebt den Kopf und blickt zur Fensterfront hinauf. Zu den Vorhängen.

Luigi verabschiedet sich.

»Rufen Sie mich, wenn Sie ihn wieder hinaufbringen wollen.«

Valentino schiebt den Rollstuhl.

»Es ist erst eins, wir haben noch Zeit. Wie wäre es, wenn wir einen Kaffee am Campo trinken?«

Wir gehen die Straße entlang.

»Auf der Terrasse oder drinnen?«

Der Fürst gibt die Antwort.

»Auf der Terrasse und in der Sonne!«

Wir bitten den Kellner, uns einen Tisch an eine windgeschützte Stelle zu ziehen. Wir essen Kekse, trockene und mit Marmelade gefüllte. Dazu trinken wir Schokolade, die wir sehr heiß bestellen. Wir umklammern die Tassen mit unseren Händen. Wir atmen, die Nasen im Dampf, und sehen uns über den Dampf hinweg an, wie kleine Kinder.

Wir sind die Einzigen, die bei diesem Wetter draußen sitzen.

Der Fürst blickt sich um. Nimmt alles in sich auf. Was ihm bis jetzt vorenthalten war. Die Gerüche. Die Gesichter.

»Es war ein langes Schweigen, ein sehr langes Schweigen.«

Das ist alles, was er sagt.

Er weiß, dass er Tatjana wiedersehen wird.

Er spricht nicht darüber.

Ich weiß nicht, ob er Angst hat. Valentino will uns unterhalten, erzählt Geschichten, Witze, die uns zum Lachen bringen. Er ist wunderbar. Plötzlich verstehe ich, warum Carla ihn so sehr geliebt hat.

Dann berührt er mich am Arm.

»Es ist Zeit.«

»Kommst du mit?«

»Nein, das ist eure Geschichte … Aber ich warte auf euch.«

Wir gehen den Weg zurück, Calle Barbaria delle Tole, an der Pension vorbei und weiter zur Calle delle Cappuccine. Der Rollstuhl lässt sich nur mühsam schieben.

Der Fürst sagt kein Wort. Er blickt vor sich hin. Bewegt kaum den Kopf.

»Wird es gehen?«, frage ich und lege meine Hand auf seine Schulter.

Er antwortet nicht. Ich weiß nicht, was er empfindet.

Ich höre die Glocke einer Kirche ganz in der Nähe läuten.

Der Fürst hört sie auch. Er dreht sich zu mir um und nimmt meine Hand.

»Und wenn wir uns irren? Wenn sie nicht kommt?«

»Sie wird kommen.«

Er zittert. Er hat keine Decke haben wollen. Nur seinen Mantel. Die Angst, die er empfindet, spüre auch ich.

Wir erreichen das Ende des Gässchens. Vor uns liegt die offene See. Tatjana ist nicht da. Sie nicht und auch sonst niemand.

Die Minuten vergehen.

Wir warten.

Und wenn sie nicht kommt?

Die Angst schlägt auf den Magen. Wir warten noch fünf, vielleicht zehn Minuten, dann sehen wir sie kommen, von ganz oben, über die Stufen der großen Brücke.

Sie sieht uns ebenfalls und bleibt stehen, eine Hand auf der steinernen Brüstung. Einen Augenblick wie erstarrt.

Dann kommt sie die Stufen herunter, eine nach der anderen.

Sie durchquert den Raum zwischen den beiden Brücken. Geht weiter. Mit kleinen, langsamen Schritten.

Der Fürst beobachtet sie, die Hände starr auf den Armlehnen. Lange Minuten.

Minuten für Jahre des Schweigens.

»Gehen Sie nicht!«

Ich lege meine Hand auf seine Schulter.

»Ich bleibe in der Nähe.«

Jetzt gibt es zwischen den beiden Brücken nur noch ihn und Tatjana. Sie geht auf den Fürsten zu. Ganz nah an ihn heran. Ich weiß nicht, was sie zu ihm sagt, aber ich sehe ihre Lippen sich bewegen.

Vielleicht flüstert sie ihren Namen. Seinen. Ihre beiden geflüsterten Namen.

Wiedergefunden.

Ich weiß es nicht.

Sie geht in die Hocke. Fast auf die Knie.

Sie streckt ihre Hand aus, nähert sie seinem Gesicht und dreht es sanft ins Licht.

Sie sind einen Augenblick auf dem Kai geblieben. Dann sind sie, da es sehr kalt war, in ein Café gegangen. Ein Tisch am Fenster. Sie haben sich eine Stunde unterhalten, nicht viel länger. Dann ist Tatjana aufgestanden und telefonieren gegangen. Fünf Minuten später hat ein Taxi sie abgeholt.«

»Wohin sind sie gefahren?«

»Keine Ahnung.«

Valentino hält die Tür auf. Wir gehen die Treppe hinauf.

Wir finden Luigi in der Küche, über den Tisch gebeugt. Er zeichnet. Mit Lineal und Bleistift.

»Die Pläne des Campanile … Maßstabsgerecht in Quadrate eingeteilt. Schauen Sie.«

Er zeigt uns seine Papiere.

»Der erste Campanile ist 1902 eingestürzt. Mein Vater hat es mit eigenen Augen gesehen. Das müsste ein schönes Modell abgeben!«

Er dreht sich zu mir.

»Ich werde es Ihnen schenken, wenn Sie wollen.«

»Der Fürst hat Tatjana wiedergetroffen«, sage ich.

»Ich weiß, er hat eben angerufen. Er kommt nicht mehr nach Hause.«

»Er kommt nicht?«

»Nein. Er ist im Kloster, im Nebengebäude. Anscheinend gibt es dort ein Zimmer für ihn.«

Das Nebengebäude, der Garten, die Bäume.

»Und seine Sachen?«

»Er wird jemanden schicken, der sie abholt.«

»Seine Vogelkrippe …«

»Er wird sie dort an einen Baum hängen!«

Luigi sieht mich an.

»O nein, Sie werden sie nicht hierlassen!«

Ich lache.

»Luigi! Die Vögel haben sich daran gewöhnt!«

»Ich habe mich auch gewöhnt. An Sie, an ihn, und?«

Er öffnet seinen Klebstoff. Der Geruch verbreitet sich.

»Wenn Sie alle fort sind, werde ich als Erstes meine Katzen reinholen.«

Er sieht mich über seine Brille an.

»Alle meine Katzen.«

»Alle achtzehn?«

»Alle achtzehn.«

Er klebt sein erstes Streichholz auf.

»Und Katzen fressen Vögel.«

Er klebt ein anderes auf, ein weiteres, bis der Vorplatz bedeckt ist.

Dann deutet er auf den Korb auf dem Kühlschrank.

»Sie haben Post.«

Ein Umschlag. Ich erkenne Ihre Schrift. Darin eine Ansicht von Venedig, ein kleiner Platz am frühen Morgen. Ein paar Worte. *Dienstag, um zwanzig Uhr, vor der Chiesa degli Scalzi. Wir schauen uns die Gleise an.*

Es ist ein Abschied. Sie wissen es. Ich weiß es auch. Wir gehen durch die engen Gässchen. Vor uns die Nacht, die Straße in der Ferne, die Brücke, die Venedig mit Mestre verbindet. Ein paar Autos. Scheinwerfer.

Der Parkplatz am Piazzale Roma ganz in der Nähe.

Der Bahnhof Santa Lucia. Wir gehen hinein. Die Halle ist leer. Wir gehen die Bahnsteige entlang, dann die Gleise. Es ist verboten, dort entlangzugehen.

»Ist das Meer weit?«, frage ich.

»Nein, es ist nicht weit.«

Sie deuten nach vorne, die Nacht, die Gleise, die sich verlieren, und die Lagune ringsum.

Sie sind da. Ich strecke die Hand aus. Ich möchte Sie berühren. Ich kann es nicht.

Es hätte keinen Sinn mehr.

»Der Fürst ist bei Tatjana. Er wird mit ihr leben, im Nebengebäude des Klosters.«

Wir gehen immer weiter. Hinter die Absperrungen. Jetzt liegt Kies auf dem Boden.

Wir gehen weiter.

Es nimmt kein Ende.

Plötzlich bleiben Sie stehen und sagen:

»Dort ist es.«

Das Wasser. Der Kai. Er schiebt sich ins Wasser, das ist für uns bereits eine Art, Abschied zu nehmen.

Ab hier sind keine Gesten, keine Worte mehr möglich. Meine Hand fällt zurück.

Ringsum die starke Präsenz der Lagune. Der Geruch. Die Sterne, der Himmel, die Stille.

Und Sie. Ich sehe Sie nicht an.

»Gehen Sie.«

Ich weiß nicht, ob Sie mich hören.

Vermutlich verstehen Sie mich nicht.

Und vermutlich liebe ich Sie in diesem Augenblick.

Auf der anderen Seite der Gleise beginnen Sirenen zu heulen. Ich starre auf den Boden, die Erde zwischen meinen Füßen.

Ich schweige.

Das ist der schönste Teil von mir, mein Schweigen. Einen Augenblick liegt der schönste Teil von mir zu Ihren Füßen.

Aber bis dahin.

Die Ewigkeit, mit dem Rücken an der Wand. Sie zerquetscht meine Hände am Stein. Ich kann mich nicht bewegen.

Ich höre nichts von Ihrem Abschied. Nichts. Nicht ein Wort.

Sie gehen.

Sie gehen schnell.

Ich höre nichts, aber plötzlich weiß ich, Sie sind nicht mehr da.

Es ist offensichtlich.

Nicht mehr in der Welle ringsum. Sie sind gegangen.

Ein leichter Wind kommt auf, trägt den Schlammgeruch heran, der über der Lagune liegt. Fabrik-, Abfallgerüche.

Ich öffne den Mund, schlucke die Luft, das Heulen der Sirenen, den säuerlichen Geruch des Schlamms. Ich schlucke den Gestank des Teers, der die Gleise bedeckt, das flüssige Fett. Ich schlucke alles.

Ich halte mir den Bauch.

Mache mir Vorwürfe.

Wir hätten uns nicht auf diese Weise verlassen dürfen.

Ich sehe Sie nicht wieder.

Am nächsten Tag gehe ich in die Galerie und betrachte die Bilder von Mušič. Die kleinen dalmatinischen Esel. Idas Gesicht.

Ich schlendere umher. Es gäbe so viel zu tun. Ich tue nichts. Ich trinke eine Schokolade im Florian.

Ich möchte abreisen.

Weit weg sein.

Siebzehn Uhr, vor dem Eingang des Nebengebäudes. Eine Tür, die sich in ein Seitengässchen öffnet. Der Fürst öffnet mir.

»Ich habe Sie erwartet. Seit heute Morgen warte ich auf Sie.«

Er führt mich zu seiner Wohnung, zwei Zimmer mit Küche, die direkt auf den Garten schaut.

»Ist das nicht wunderbar?«, sagt er und zeigt mir die ganze Ausdehnung seines neuen Reichs.

Er holt aus dem Wandschrank ein Paket Honigkuchen und reißt die Verpackung auf.

»Stellen Sie sich nur vor, ich kann kommen und gehen, wie ich will. Tatjana sagt, im Frühling könnte ich die Blumen schneiden, mich um die Rosenstöcke kümmern und sogar die Erde unter den großen Bäumen umgraben. Sie sagt, ich könnte mich auch um die Bibliothek kümmern, es gibt viele Bücher zu katalogisieren, sehr alte Bücher.«

Auf dem Tisch zwei Teller. Er legt Honigkuchenscheiben in jeden Teller und zerdrückt sie mit der Gabel. Dann fügt er Milch hinzu. Zwei Löffel Wodka.

»Hier, probieren Sie das!«

Es ist stark. Wir müssen lachen.

»Wie geht es Luigi?«, fragt er.

»Er hat ein neues Modell angefangen. Den Campanile.

Er sagt, wenn alle abgereist sind, wird er seine Katzen hinaufbringen.«

»Und Valentino?«

»Er wird auch abreisen.«

»Und Sie? Wie geht es Ihnen?«

»Ich? … Ich freue mich so sehr, Sie wiederzusehen.«
Ich öffne meine Tasche.

»Ich habe etwas für Sie.«

Ich hole die kleine blaue Schachtel heraus, in der der Fürst seinen Skarabäus aufbewahrt. Als er sie sieht, strahlt er vor Freude.

»Tolstoi! Sie haben daran gedacht, mir Tolstoi zu bringen!«
Er nimmt die Schachtel und öffnet sie.

»Mein Tolstoi …«

Er lässt den Skarabäus in seine hohle Hand gleiten und streichelt ihn sanft mit der Fingerspitze.

»Glauben Sie, er wird sich eingewöhnen? Das Zimmer ist kleiner, er wird die gewohnten Gerüche vermissen …«

Er lächelt, vertrauensvoller plötzlich.

»Ich glaube, es wird ihm gut gehen. Schauen Sie nur, dieser Garten! Vielleicht werde ich ihm seine Freiheit wiedergeben können … Wie leben Skarabäen? Sie graben Löcher in die Erde, nicht wahr? Löcher in die Erde … Tolstoi wird es nicht können. Andererseits, ihn in dieser Schachtel zu halten, wo wir hier doch einen so schönen Garten haben! Was meinen Sie?«

Er setzt Tolstoi in seine Schachtel zurück und nimmt meine Hand.

»Unsere Abende werden mir fehlen. Der Wein, all der

Wein, den wir getrunken haben! Sie werden das nicht vergessen, nicht wahr?«

»Ich werde es nicht vergessen.«

»Wann reisen Sie ab?«

»Morgen.«

»Morgen… Werden Sie wiederkommen?«

»Hierher? Nach Venedig? Ich weiß nicht…«

Wir essen noch etwas Honigkuchen. Als wir fertig sind, nimmt der Fürst die Teller und stellt sie in die Spüle.

»Ich habe auch etwas für Sie. Das ich Ihnen geben will. Versprechen Sie mir, dass Sie es annehmen werden.«

»Ich verstehe nicht…«

»Versprechen Sie es!«

»Ich verspreche es.«

»Bringen Sie mir etwas Wasser in dieser Schüssel. Und Seife. Und den Lappen, den Sie dort sehen.«

Ich stelle die Schüssel vor ihm auf den Tisch. Der Fürst wäscht sich die Hände. Reibt sie lange mit der Seife und zieht seinen Ring vom Finger.

Er trocknet ihn und reicht ihn mir.

»Geben Sie mir Ihre Hand.«

»Ich kann nicht.«

»Doch, Sie können.«

»Nicht das…«

»Hören Sie, das Glück, das ich empfinde, können Sie das verstehen? Also, geben Sie mir Ihre Hand!«

Er legt den Ring in meine Hand und schließt meine Finger, einen nach dem andern. Er behält meine Hand in seinen.

»Er wird Ihnen sehr gut stehen. Und jetzt sagen Sie mir, um welche Zeit reisen Sie ab?«

»Mit dem Vaporetto um sieben Uhr.«

»Sieben Uhr ... Ich werde an Sie denken ... Sie werden mir fehlen.«

Er drückt meine Hand etwas fester.

»Und Ihr Buchhändler, wollen Sie mir nicht von ihm erzählen?«

»Nein ...«

Der Fürst sieht mich einen Augenblick stumm an, dann greift er nach den Rädern seines Rollstuhls.

»Und jetzt folgen Sie mir, ich werde Ihnen alles zeigen.«

Er öffnet die Tür, fährt voraus.

»Wir haben einen Begegnungsraum und einen Musikraum ...«

Er dreht sich zu mir um.

»Tatjana wird gleich kommen. Sie hat gesagt, dass wir heute gemeinsam zu Abend essen.«

Als ich in die Pension zurückkomme, finde ich Luigi im Zimmer des Fürsten. Er hat das Bett abgezogen, die Laken auf den Boden geworfen. Die Decken. Die Kissen. An der Wand stapeln sich leere Kartons.

Ich helfe ihm, die Kartons zu füllen. Mit Büchern, Platten, Kleidung. Ich nehme die Fotos von der Wand.

»Manzoni hat angerufen.«

Sagt Luigi. Ohne sich umzudrehen.

Die Kaffeebons, der Mosaiksplitter aus dem Markusdom. Ich lege alles hinein.

»Ich habe ihm gesagt, dass Sie abreisen.«

Bevor ich den Karton schließe, lege ich auch mein Heft hinein.

Jetzt ist das Zimmer leer. Die Kartons sind gestapelt. Jemand wird sie abholen. Luigi weiß nicht, wann.

Ich verbringe die Nacht am Fenster. Ohne zu schlafen.

Sechs Uhr morgens. Hinter der Fensterfront wird es Tag. Luigi hat in der Thermoskanne Kaffee für mich bereitgestellt. Und Kekse. Inmitten der Kekse eine Erdbeercreme.

Auf dem Tisch steht ein Rosenstrauß. Ein paar Blütenblätter sind heruntergefallen. Daneben ein in Papier gewickeltes Paket. Darauf ein Post-it. Luigis Schrift: Das ist gestern Abend für Sie gekommen. Spät.

Ich trinke den Kaffee. Er ist heiß. Stark, wie ich ihn liebe. Ich trinke meine Tasse aus. Schenke mir eine zweite ein.

Mit meiner freien Hand zerreiße ich ein Stück des Papiers. Ich reiße weiter, weil es doppelt eingepackt ist. Durch den Riss sehe ich den roten Glanz der Farbe. Es ist der hölzerne Hampelmann, der an Ihrem Fenster hing.

Ich fahre mit der Hand durch mein Haar. Die Warze ist fast verschwunden. Eine kaum spürbare Schwellung.

Ich lasse den Hampelmann auf dem Tisch liegen.

Luigi hat mir gesagt: »Hängen Sie den Schlüssel an den Nagel und ziehen Sie die Tür hinter sich zu.«

Die Glastür und die Holztür. Leises Klacken. Ich gehe hinunter. Der Garten. Die Straße.

Die Calle delle Cappuccine. Ich begegne niemandem, es ist noch zu früh. Die Lagune. Algen treiben auf der Wasseroberfläche. Das fahle Licht über dem Wasser. Ich warte, nur ein paar Minuten, dann kommt das Boot. Ich bin nicht traurig.

Es ist etwas anderes, ein unbestimmtes Gefühl. Als hätte ein ganzer Teil von mir sich in Ihnen erkannt.

Ein ganzer Teil von mir.

Das ist es.

Nur das.

Ich steige in das Boot und sehe die Stadt sich entfernen.

Claudie Gallay
Die Liebe ist eine Insel
Roman

416 Seiten, Broschur
btb 74471

Ein Sommer voller Geheimnisse

Avignon im Sommer: Zum weltberühmten Theaterfestival
im Schatten des Papstpalastes reisen Tausende von Besuchern
an. Unter ihnen ist die junge Marie. Auf dem Festival soll das
Stück ihres Bruders Paul, der unter mysteriösen Umständen
ums Leben kam, aufgeführt werden. Nur ein einziges Mal will
sie sein Vermächtnis auf der Bühne sehen. Auch die gefeierte
Schauspielerin Mathilde kommt in die Stadt. Niemand
ahnt, dass Pauls Theaterstück für sie eine ganz besondere
Bedeutung hat. Und während die sommerliche Hitze die Stadt
fest im Griff hat, zeigt sich, dass sie alle Teil eines tragischen
Geheimnisses sind, das sich um dieses letzte Werk des
unglückseligen Autors rankt.

»Liebe, Leidenschaft und das Theater – eine explosive
Mischung.«
Le Point

Claudie Gallay
Die Brandungswelle
Roman

557 Seiten, Broschur
btb 74313

Der Bestseller aus Frankreich

Ausgezeichnet mit dem Grand Prix de Elle

La Hague im Nordwesten der Normandie: Nur wenige
wohnen hier, am Ende der Welt, am Meer, dort, wo die
Menschen ebenso schroff sind wie die Natur und das Leben
vom Wind, vom Wetter, von den Gezeiten bestimmt wird –
bis eines Tages Lambert auftaucht.
Fremde, die hier länger bleiben, gibt es selten. Aber Lambert ist
nicht wirklich fremd, irgendwie gehört er dazu. Vor 40 Jahren
starben seine Eltern und sein Bruder bei einem Bootsunglück.
Nun ist er zurückgekommen, um das Unglück von damals
aufzuklären. Und allmählich bröckelt die Wand des Schweigens,
hinter der jeder Dorfbewohner ein Geheimnis zu verbergen
scheint …

»557 Seiten, aber keine zuviel.«
Christine Westermann

»Ein durch und durch sinnliches Buch.«
NDR